Luigi Antonelli

L'uomo che incontrò se stesso

Texte et illustration de couverture : © domaine public
Edition : Culturea (Hérault, 34)
Contact : infos@culturea.fr
Retrouvez notre catalogue sur http://culturea.fr
Imprimé en Allemagne par Books on Demand
Design typographique : Derek Murphy
Layout : Reedsy (https://reedsy.com/)

Dépôt légal : janvier 2023
Tous droits réservés pour tous pays

ISBN : 9791041841387

LUIGI ANTONELLI

3

L'uomo che incontrò se stesso

AVVENTURA FANTASTICA IN TRE ATTI

Rappresentata per la prima volta a Milano, al teatro Olympia, dalla Compagnia di Antonio Gandusio, la
sera del 23 maggio 1918.

PERSONE.

Luciano De Garbines (Gregory), 45 anni.

Luciano De Garbines, 25 anni.

Sonia.

Il dottor Climt.

Rambaldo.

La signora Speranza.

Rosetta.

1.° Convitato.

2.° Convitato.

3.° Convitato.

4.° Convitato.

Servi – Rematori – Ballerine, ecc.

L'azione ha luogo in un'isola al di fuori della geografia.

ATTO PRIMO.

Viale d'un giardino che sale arditamente verso il fondo dove si erge un palazzo sontuoso. Paesaggio irreale, segnato con crudezza sintetica, caratterizzato da grandi cipressi color viola che danno alla scena un aspetto violento, un'intonazione e un incubo di fiaba. Dalla destra si va verso il mare. A sinistra, un po' avanti, due sedili di pietra.

SCENA PRIMA.

LUCIANO arriva dalla destra, accompagnato da *due rematori*. Si volge intorno soddisfatto, getta un sospiro di sollievo, poi cerca per tutte le tasche il borsellino che non trova, senza accorgersi che i rematori sono scomparsi. Compaiono, invece, *quattro servitori* in livrea turchina, dritti impalati in fila, pronti ai suoi ordini. Egli si volge sorpreso e imbarazzato, sempre cercando il borsellino e i rematori.

LUCIANO

ai servi.

Desideravo pagare quei due marinai della barca.

1.° SERVO.

Sono al servizio dell'isola, signore.

LUCIANO.

Al servizio dell'isola? Mi trovo in un'isola? Sappiamo, intanto, che questa è un'isola! Oh! Be'!... Chi sa poi dove sono andati a finire quei due marinai della barca.... È quello un albergo?

3.° SERVO.

No, signore.

4.° SERVO.

È proprietà privata.

2° SERVO.

Tutta l'isola è proprietà privata. Quel palazzo appartiene al dottor Climt.

LUCIANO.

Allora mi facciano la cortesia d'indicarmi un albergo qui vicino.

1.° – 2.° SERVO.

Non ce ne sono.

3.° SERVO.

L'isola è piccolissima.

LUCIANO.

Sicchè io non potrei essere qui che l'ospite del dottor Climt?

I quattro servi s'inchinano.

O essere ospitato o andarmene?

I servi rimangono impassibili.

6

Ma io spero che mi faranno il santissimo favore di sapermi dire come si chiama questa incantevole isola.

4.° SERVO.

Noi la chiamiamo risola del dottor Climt.

LUCIANO.

Senza alcun'altra indicazione più geografica?

I 4 SERVI.

No, signore.

LUCIANO.

Ho capito. Allora mi facciano il piacere di annunziarmi al dottor Climt.

I servi s' inchinano e fanno per andarsene.

LUCIANO.

Un momento. Per regolarmi, desidero un'informazione. Questo dottor Climt.... che dottore è? Vecchio? Giovane? Inglese? Norvegese? Cristiano? Maomettano? Non sapete neanche questo? Ahi ma.... parola d'onore, per essere in una piccola isola questa è ignoranza di quella buona! Non mi rimane che pregarvi di farmi il piacere di annunziarmi al dottor Climt.

I servi s'inchinano e via.

LUCIANO.

Io poi non capisco perchè sono arrivato qui senza una valigetta. Sarebbe almeno l'indizio di un punto di partenza.... perchè è bensì certo che io arrivo in questo momento, ma non è altrettanto certo che sono partito....

SCENA SECONDA.

Spunta da dietro un albero *una donna* assai giovane, vestita con una tunica viola. Appena la vede, LUCIANO le fa un inchino goffamente per la confusione causatagli dalla sorpresa.

ROSETTA.

Tornate indietro! Non cercate di vedere il dottor Climt!

LUCIANO

sussultando.

Mio Dio! Perchè?

ROSETTA.

È un uomo malvagio! Vi farà del male!

Un uomo malvagio? Mi farà del male? Com'è possibile se io non gli ho fatto niente, assolutamente niente? Non gli ho reso il più piccolo beneficio, il più piccolo favore! E allora perchè mi dovrebbe far del male? E voi avete forse bisogno di aiuto? Correte qualche pericolo? Sebbene io sia sbarcato da pochi minuti in quest'isola, sono pieno di buone intenzioni! E se, povera signorina, siete senza difesa, ho l'onore di dirvi che posseggo due braccia robuste che metto subito a vostra disposizione.

ROSETTA

ride sonoramente.

LUCIANO

disorientato.

Vi domando perdono, ma non vedo come ciò vi possa divertire.

ROSETTA.

A che servono le vostre braccia robuste, s'egli è un uomo così potente? Egli farà di voi quel che vorrà. Se avete una pelle elastica, vi farà imbalsamare.

LUCIANO

sconcertato.

Non facciamo scherzi. Aspetterà ch'io crepi e lasci scritta la mia volontà.

ROSETTA.

Non è necessario. Voi non siete ancora morto, ma già vi pare di essere sospeso da quattro raggi di luna e portato in aria dai pipistrelli a sognare, quando egli vi afferra, signore, e v'imbalsama.

LUCIANO

c. s.

A quale scopo? La mia pelle non vale gran che. Se questo signore è un collezionista, per quanto mi si possa giudicare un raro animale, credo che esageri.

ROSETTA.

Del resto fate come volete. Ho creduto bene di avvertirvi. Ma non conosco i vostri gusti.

LUCIANO.

Sì, ma vi assicuro che i miei gusti non sono così straordinari da arrivare, per amore della mia pelle, all'imbalsamazione. Da quanto tempo conoscete il dottor Climt...?

ROSETTA.

Da più di un secolo.

LUCIANO

fra sè.

Ho capito. È pazza! Dio mio! Che quest'isola sia un grande manicomio?... Qui bisogna guardarsi dal contraddire....

a ROSETTA.

Ah! Un secolo! Appena un secolo!

ROSETTA.

Dì più!

LUCIANO.

Appena più di un secolo!

ROSETTA.

Come appena? Ma non avete ancora guardato il mio viso?

LUCIANO.

L'ho guardato. L'ho guardato. È graziosissimo!

ROSETTA.

Ebbene, capite ora la mia malinconia? Io sono condannata dal dottor Climt a rimanere eternamente così! Egli mi raccolse da una delle navi che passano di notte intorno all'isola, e poichè mi rammaricavo della giovinezza che un giorno mi avrebbe abbandonata, egli comandò che io non mi potessi mai più staccare da lei....

LUCIANO.

Dalla giovinezza? Fortunata voi!

ROSETTA.

Se sapeste come ciò è triste! Triste perchè la mia vita non ha più fascino! Potreste voi amare una statua? Nessuno mi ama. Nessuno de' miei amici resiste alla mia eternità. E io me ne sto qui a contemplare questa luce immobile, quest'ora senz'ombra, che non tramonta più!

LUCIANO

tra sè.

Che follia strana!

a ROSETTA.

E così la vostra bellezza è senza malinconia!

ROSETTA.

Come la salamandra attraverso il fuoco, io passo attraverso il tempo senza corrompermi.

9

LUCIANO.

Qual'è il vostro nome?

ROSETTA.

Mi chiamo Rosetta. Il mio nome è la sola cosa che mi pare che invecchi un poco e che mi dia l'illusione di sfiorire. È una piccola consolazione, ma tanto poca quant'è l'aria mossa da una libellula.

LUCIANO.

Rosetta! Povera Rosetta! Ditemi una cosa. Chi è questo dottor Climt?

ROSETTA.

È un bel signore gioviale, burlone, terribile. A furia di studiare – e può studiare gli anni che vuole – si diverte con gli uomini come un fanciullo coi burattini. È il suo segreto. È un uomo terribile, vi dico! Egli può tutto.

LUCIANO.

Ho capito. Cioè, non ho capito, ma non importa. Ditemi piuttosto.... Voi non sapete se questo dottore, nei suoi momenti di svago.... sia direttore.... non so.... di qualche cosa che somiglia a un asilo.... Non già che in questo asilo ci siano dei pazzi: non ho detto questo! Pazzi, magari, no! ma.... creature un po' nervose....

ROSETTA.

No. Egli è semplicemente un signore come tutti gli altri, a vederlo. Se facesse del bene sarebbe come Dio. Ma è poi certo che Dio fa del bene?

LUCIANO

impacciato

Così, su due piedi, non saprei rispondervi. Lasciatemi otto giorni per riflettere....

ROSETTA.

Ebbene, egli è come un Dio che condiscenda.... a invitarvi a pranzo. Ma non avrete troppo da fantasticare sul conto suo perchè eccolo qua che viene da questa parte. Guai a voi! Avreste dovuto fuggire! Io vi avevo avvertito! E ora vi saluto.

via.

SCENA TERZA.

Il DOTTOR CLIMT, uomo sui trentacinque anni. Elegantissimo. Impeccabile. Modi cortesi, ma freddi. Faccia rasata, pallidissima. Grosse sopracciglia. Sguardo penetrante.

LUCIANO

gli va incontro titubante, con un sorriso che vuol parere disinvolto.

10

Il dottor Climt? Luciano De Garbines, molto piacere. Cominciavo ad aver paura di Lei: ma ora che l'ho visto sento minor soggezione. Dianzi, una deliziosa creatura folle, mi parlava di Lei paurosamente....

CLIMT.

Rosetta! Veramente deliziosa creatura. L'ho vista scappare mentre mi avvicinavo. Ma perchè la chiama folle?

LUCIANO

turbato.

E non è forse tale?

CLIMT.

Neanche per sogno!

LUCIANO

spaventatissimo.

Ma allora.... ma allora tutto comincia a diventare terribile!... Non è pazza una donna che mi ha parlato in quel modo?

CLIMT.

Io non so come abbia parlato. A ogni modo.... dove credete di essere?

LUCIANO

In un'isola.

CLIMT.

Di dove?

LUCIANO

Del mondo... Certamente siamo nel mondo.

CLIMT

freddo.

Quale?

LUCIANO

sbalordito.

Mio Dio! Se andiamo così lontano.... vi confesso che non ho viaggiato abbastanza.

CLIMT

considerandolo attentamente.

Vi chiamate?

LUCIANO.

Luciano De Garbines: nome con strascico....

CLIMT

Età?

LUCIANO.

Età.... Ecco, veramente, io avrei quarantasei anni.... Ma due sono abituato a levarmeli.... Poi bisogna considerare che ne dimostro quattro di meno.... Sicchè quarantasei meno due, quarantaquattro.... Meno quattro che ne dovrei avere di meno: quaranta.

CLIMT.

Siete stato ammogliato?

LUCIANO

Ahimè, sì! Ma a ventisei anni ero già vedovo, in seguito a tragedia tellurica-coniugale.... E vedovo sono sempre rimasto. Pochi giorni fa – credo – m'imbarcai su di una nave. Poi un altro giorno – o una notte – un siluro o punta di scoglio o altro disastro del genere affonda il bastimento. Ho il ricordo di un grande urto, e qui c'è una lacuna nella mia memoria.... una lacuna terribile.... finchè ho l'impressione di un lento risveglio.... Sento d'immergermi in questo risveglio mentre mi ritrovo disteso in una barca guidata da due rematori. Ed eccomi qui.

CLIMT

ridendo.

Ah, ah! La vostra storia non ha nesso. Sedete, buon uomo.

LUCIANO

fra sè, mortificato.

Buon uomo!

CLIMT.

I vostri ricordi si fermano al momento in cui il vapore fu, sembra, silurato. Ma da quel giorno è trascorso parecchio tempo. Fatemi il piacere di dirmi che ora è.

LUCIANO

guardando l'orologio con stupore.

È fermo.

CLIMT.

Ah ah! Fermo.... da quanti mesi?

12

LUCIANO.

Da quanti mesi!?

CLIMT

Sono due mesi, caro signor Luciano De Garbines, che Lei non ha caricato il suo orologio! Lei! uomo meticoloso, petulante, distratto e di buon cuore.... Lei deve avere inciampato terribilmente col suo strascico.... In due mesi possono capitare tante cose! Incominci dunque a non meravigliarsi più di niente.

LUCIANO

volgendosi intorno.

Già....

CLIMT.

Lei potrebbe già essere morto e portato a me dopo lungo viaggio nel mio canotto-lettiga.... Io già potrei aver fatta una esperienza sul suo cadavere....

LUCIANO

sussultando.

Lei scherza!

CLIMT

Parlo in tono scherzoso di cose probabili che non val la pena di aggravare col tono della voce.... Tenga presente, in ogni caso, egregio signore, che ogni uomo trova naturali e probabili i fenomeni della sua vecchia esistenza. Ma è un grave errore. Se un giorno per avventura Lei capitasse nel pianeta Marte, Lei, nato a Calcutta o a Roma, giudicherebbe strane tante cose che Le parrebbero pazzesche o impossibili mentre gli abitanti di quel pianeta – che neanch'io ho visitato mai – si meraviglierebbero di tutto ciò che ordinariamente accade in Europa....

LUCIANO.

Questo è vero.

CLIMT

dopo una pausa.

Nel vostro paese foste un uomo faceto?

LUCIANO.

Fui sempre di ottimo umore.

CLIMT.

E allora fatemi il piacere di sorridere!

LUCIANO.

Io mi sforzo! Io mi sforzo! Ma questo mistero intorno a me, aggravato da quella terribile lacuna della mia memoria, ho paura che mi faccia diventare un uomo malinconico.... Dottor Climt, io vi parlo chiaro! Se non avessi quella lacuna, se potessi dirvi insomma che cosa è avvenuto di me dal momento in cui forse sono caduto in mare fino ad ora.... oh! io non esiterei menomamente dal ritenere questo luogo un asilo di graziosi pazzi e voi, dottor Climt, tra tutti i pazzi il più cospicuo.... Ma poichè nel congegno della mia esistenza devo convenire che una rotellina s'è incantata, io non ho più facoltà di giudizio e sono alla vostra mercè, caro e non ancora del tutto simpatico dottor Climt! Io ero un uomo di ottimo umore quando nella mia vita, vent'anni fa, è sopraggiunta una tragedia. Questo capita talvolta alla gente allegra. Allora io feci passare prima di tutto molti anni. Poi dissi a me stesso: «Facciamo un viaggio! Andiamo in cerca di un paese, o di un'isola, dove non vivono gli altri uomini!». Avrei preferito un luogo senza il dottor Climt, uomo preoccupante, ma giacchè vi devo subìre – sembra – senza scampo, siate almeno gentile di dirmi che ora è. Ci tengo all'ora esatta: mi sembra di ridarmi la corda.

CLIMT.

Mi rincresce, ma anche questo è un affare serio. In quest'isola nessuno possiede un orologio. Dopo averne congegnati di perfettissimi, di meravigliosi, qui l'umanità s'è svegliata una mattina senza la necessità di conoscere le ore.

Lo guarda attentamente.

Luciano De Garbines, che cos'è questo dramma nella vostra esistenza?

LUCIANO.

Un dramma comune, niente più che un fatto di cronaca. Voi non siete mio amico, dottor Climt: perciò non capisco perchè io debba rivelarvi un episodio così intimo della mia esistenza. Voi profittate ingenerosamente di me sapendo già – forse – ch'io sono l'eroe-comico di un piccolo dramma famigliare.

CLIMT.

Avete torto. In quest'isola hanno trovato pace i superstiti di famose tragedie. Regine, poeti, assassini passionali, uomini nostalgici di età trapassate, uomini esasperati dalla curiosità del domani, vagabondi che sembravano re, re camuffati da vagabondi, tutti questi naufraghi raccolti dai miei uomini negli alti mari sono stati dal dottor Climt riconciliati col loro sogno. Io ero una volta un povero uomo come voi, Luciano De Garbines, assistente in un gabinetto di fisiologia. Fu allora che, studiando per mio conto la scienza dei maestri, strappai un segreto eterno al destino degli uomini, e allora fuggii dal mio prossimo, perchè capii che se avessi divulgato il mio segreto l'umanità sarebbe stata infelice. Se avessi tolto la Morte dalla circolazione, il mio delitto sarebbe stato enorme, mostruoso.... Gli uomini stessi mi avrebbero accoppato.... Perciò mi ritirai qui, dove potetti continuare i miei studii.... Per solito le scoperte scientifiche sono tramandate dalle generazioni che invecchiano. I giovani sono costretti a studiare da capo un'intera vita per saperne quanto i vecchi e forse qualche cosa di più. Ma poi la morte li arresta e il compito è ceduto ai giovani di un'altra generazione che, attraverso nuovi errori, aggiunge un'infinitesimale dose di sapienza nuova. Come vedete, una cosa che va per le lunghe. Date invece la giovinezza a un uomo solo, la giovinezza di un millennio, e voi ne fate un Dio! Ma io non sono un Dio. Ve lo avrei detto. E poi, se fossi stato un Dio, non sareste arrivato fino a me. Quella leggiadra creatura, con cui avete parlato dianzi, fu trovata galleggiante in alto mare. Era completamente asfittica, io impiegai tre ore per farla rinvenire. Ella mi scongiurò, in ginocchio, di farla vivere eternamente giovane.... Oggi è stufa. Non ho che farci. Io voglio che i miei esperimenti servano a qualche cosa: non già ad ammaestrare il prossimo – roba inutile – ma a dire qualche cosa saggia a noi stessi. Luciano De Garbines, voi foste tradito da vostra moglie?

LUCIANO

sbalordito, non sa che dire. Poi fa un gesto con la mano come per dire: «così così.»

CLIMT.

Sì o no?

LUCIANO.

Mio Dio.... Se per tradire volete intendere ingannare, darsi a un altro che non è il marito.... se insomma per tradire volete intendere peccare al di fuori del nido.... allora sì, dottor Climt! sì! Io fui l'uomo più domesticamente ingannato di questa terra....

CLIMT.

Avevate dei sospetti?

LUCIANO.

Naturalmente, non ne avevo. Ebbi sempre, invece, nella disgraziata donna che per due brevi anni fu mia moglie, una fede cieca. Credevo a tutto quello che mi diceva. E siccome non mi disse mai che aveva un amante, io ero tranquillissimo. Ella poi indossava delle vestaglie color mattone!... Pensavo che si potesse far molto affidamento nelle donne che indossano vestaglie color mattone.... Insomma io ero al sicuro. Dottor Climt! Io non so se in questo paese ne abbiate mai sentito parlare, ma io sono nato in Italia dove talvolta intere città sono sconvolte e seppellite dal terremoto. Ed ecco come la mia storia diventa un comune fatto di cronaca. Il terremoto mi rivelò l'orribile inganno. Io ero lontano, mancavo da casa da circa un mese.... La mia casa seppellita dal terremoto travolse la donna infedele insieme con l'amante che, manco a dirlo, era mio amico intimo. Come vedete, l'avventura non è insolita. C'è voluto il terremoto per aprirmi gli occhi! C'è voluto che la terra si squarciasse, inghiottisse, rovinasse! Eppure vi giuro che avrei preferito saperli amanti, ma vivi, piuttosto che trovarli insieme come se dormissero ancora, placidi sotto la vôlta che li seppellì! – Quando seppi della catastrofe, mi misi in treno che sembravo un pazzo. Chiamavo forte, disperatamente: Sonia! Sonia! Sonia!

CLIMT

scostandosi.

Non la chiamate così forte, mentre mi toccate il braccio, perchè potreste vederla comparire là, come niente....

Ride un po' diabolicamente.

LUCIANO

dopo averlo guardato con uno stupore misto d'incredulità.

Durante il viaggio, però, come succede, mi abituai all'idea di trovarla morta.... Mi abituai e mi commossi, in anticipo. Vidi persino la commiserazione dei presenti alla scena che sarebbe stata esemplare da parte mia. Già mi vedevo mentre scavavo con le mani tra le macerie.... Pensai anche, e scacciai con orrore questo pensiero – ma lo pensai! – che mi sarei riammogliato. Sono cose che nessuno osa confessare: ma io che amavo, io che adoravo la mia Sonia, pensai stupidamente, sacrilegamente, a un'altra donna forse bionda che mi avrebbe amato per la mia tragedia. Pensai anche – e scacciai con orrore questo altro pensiero, ma lo pensai – alle esequie, alle epigrafi, e che volete che vi dica! Quel maledetto treno era così lungo! Con un treno così lungo ditemi voi qual è l'eroismo che arriva all'ultima stazione! Perciò giunsi già un po' preparato a trovarla morta.... Così non l'avessi trovata affatto! Avevo così cieca fiducia in lei che quando scopersi il corpo del mio amico accanto al suo, esclamai: «To'! guarda! C'è anche Rambaldo!» – Poi subito aggiunsi: «Rambaldo un corno!...». Già.... Un corno!...

CLIMT.

E poi?

LUCIANO.

E poi, dopo quel corno lì, basta! Volli partire, viaggiare, ho girato il mondo, son passati molti anni, mi hanno silurato.... E infine eccomi qua. Pure penso a Sonia senza quell'amarezza che sarebbe legittima in un uomo tradito. Forse anch'io ho sbagliato. Avrei potuto proteggerla, ma non la sapevo in pericolo; avrei potuto consolarla ma non la sapevo triste.... Che ho saputo di lei? Niente! mai niente! L'ho amata come un ragazzo scapato: e prima che io potessi capirla è morta. Noi uomini siamo de' grandi animali. Bisognerebbe che le donne lo sapessero!

CLIMT.

Oh! lo sanno! lo sanno!

LUCIANO.

Dottor Climt! Io ho sempre pensato al fanciullo che non si distrugge mai dentro di noi. Voi potete vivere un millennio ma quel fanciullo è sempre della vostra prima età....

CLIMT.

È vero.

LUCIANO.

Io mi sono accorto di lui specialmente da che ho incominciato a invecchiare. Sapete che parlo con lui tutti i giorni?... Forse è lui stesso che mi prende per mano, e io gli dico: Questa è la strada che facevamo quando si andava a scuola.... Ecco il giardino chiuso da cui venivano quei canti nelle sere d'estate quando le donne avevano tanto mistero e la vita aveva lo stesso acuto odore di tuberosa dei nostri giorni di liceo.... Voi capite ora, dottor Climt, di che male io son malato! Talvolta, quando me ne vo distratto per un viale incontro alla mia giovinezza, la trovo che va a passo di corsa verso i soliti errori.... E io dietro di lei, un po' ansimando.... con tanto d'occhi e col cuore trepido.... «Per di qua!» «No, per di là!» «Attenta che cadi!» Eh sì! Non c'è verso di farle udire la mia voce, perchè lei se ne infischia, mentre io, che sono il vero stupido, invecchio.

CLIMT.

Bene. Ora io voglio invece sapere da voi che cosa farete quando tra poco dal fondo di questo viale vedrete venirvi incontro la vostra giovinezza!

LUCIANO

sbalordito, poi incredulo:

La mia giovinezza? Dottor Climt! Mi pare che voi vogliate burlarvi esageratamente di me! Se intendete alludere alla mia giovinezza così.... come la ricordo in sogno, come immagine astratta, v'ho detto che la incontro tutti i giorni.... Non faccio che andare per le strade dove lei ha camminato! Sono il suo commesso viaggiatore e il suo saltimbanco!... Ma se, dottor Climt, intendete dire che allo svolto di quel viale incontrerò un giovanotto di venti anni che si chiama Luciano De Garbines.... e voi me lo presentate ed io gli stringo la mano, e quel giovanotto non è che me stesso.... me stesso di venti anni fa.... allora, dottor Climt, vi raccomando di non scherzare.... Io credo che voi siate un uomo prodigioso, io credo che voi abbiate mille anni, io credo che la vostra isola non appartenga alla geografia, ma non bisogna abusare di tutte le cose che fingo di credere per farvi piacere....

CLIMT.

Ma se siete venuto apposta!

LUCIANO

sempre più stupito.

Sono venuto apposta?

CLIMT.

Certamente! poichè da mezz'ora non mi parlate d'altro.... Ma, caro signore, qui si viene sempre per qualche cosa che gli altri uomini ritengono anormale.... È mezz'ora che mi parlate della vostra giovinezza. E perchè? Perchè, sia pure incoscentemente, voi aspettate questo incontro con voi stesso di vent'anni fa.... Giacchè avete così buone disposizioni verso di lui, ardo dal desiderio di mettervi alla prova.... Ah ah!... signor De Garbines.... Tra pochi minuti io vi presenterò a un giovanotto: a uno strano giovanotto! Non è mica un incontro di tutti i giorni.... Gli stringerete la mano.... Cercate di essere buoni amici e non me lo spaventate, per carità, rivelandogli chi siete.... Già, vi prenderebbe per pazzo! Bisognerà in tanto che vi presenti sotto un altro nome.... E cercate di accogliere graziosamente anche Sonia, la vostra sposina di venti anni fa....

LUCIANO

con sgomento.

Ah! Ma è terribile! È terribile!

CLIMT.

E ci sarà anche il vostro intimo amico.... quello che ritrovaste sotto le macerie.... il signor Rambaldo....

LUCIANO

gridando.

Ah no! quello no!

CLIMT.

Come no?

LUCIANO.

Quello lì io proporrei di farlo rimanere sotto le macerie.... Ammetterete che io non potrei sopportare la presenza dell'uomo che mi ha fatto.... quello che mi ha fatto....

17

CLIMT.

Ma egli non sa chi voi siate.... E poi è giusto che, se una pagina della vostra giovinezza rivive, ci siano tutte le persone che vi furono vicine: quelle che vi hanno amato, quelle che vi hanno seccato, quelle che vi hanno tradito.... E farò di più! Farò per voi una cosa che non ho ancora fatto per nessuno.... Se voi riuscirete – badate bene – a ricondurre la vostra giovinezza nella via di quella saggezza che avete acquistata con la vostra esperienza; se riuscirete insomma a salvarla dall'errore che la precipitò nella tragedia, io ristabilirò la perfetta identità tra voi e il vostro «io» di vent'anni fa, e voi riavrete la vostra donna per sempre. Cancellerò il dramma materialmente risalendo il corso del tempo e per conseguenza lo cancellerò dal vostro ricordo. Però, amico mio, bisogna che voi riusciate!

LUCIANO

con un soffio di voce.

Ma è terribile! È terribile!... E voi, dottor Climt, in compenso di quello che fate per me, che cosa volete?

CLIMT.

Oh! Non vorrò certo la vostra anima! Se anche fossi il diavolo, avrei il buon gusto di non ripetermi! Perciò è inutile guardarmi i piedi.... Voi mi guardate i piedi cercando di vedere in essi qualche cosa di forcuto.... Ma se preferite credermi il diavolo, accomodatevi pure! Io so bene che gli uomini preferiscono credere al diavolo piuttosto che alla scienza. E la mia isola è troppo ospitale per proibire a chiunque di avere un'opinione....

Animandosi.

Andiamo, via! Fate buon viso agli ospiti che arrivano! Mai ne giunsero in quest'isola di più singolari! Sonia! Luciano De Garbines! Sian resi gli onori della Primavera alla giovinezza che rivive nella mia terra! A me, ospiti dell'isola risplendente!

Battendo le mani.

A me!

Per virtù di questa invocazione fatta a gran voce la scena si oscura e s'illumina subitamente. È dapprima una luce d'alba che poi si tramuta in uno sfolgorio avvampante. Nell'istante di oscurità si ode uno scroscio di campanelli d'argento. Intanto ai due lati della scena si sono delineate a poco a poco donne vestite di veli, quasi incorporee, che sostengono lunghi festoni di fiori, su cui passano, tenendosi per mano, SONIA e LUCIANO che vengono avanti sorridenti come a una festa preparata apposta per loro. La signora SPERANZA e RAMBALDO rimangono indietro.

SCENA QUARTA.

LUCIANO (*giovane*)

accompagnando SONIA per mano.

Com'è bello! E quanta gentilezza da parte vostra, signore!

CLIMT.

Siate i benvenuti!

SONIA

con aria trasognata.

Non conoscevamo quest'isola. Appena saputo del vostro invito, Luciano mi ha detto: «È forse da quel principe che incontrammo su quella nave?» Io ho detto: «Sì, da quel principe».

CLIMT.

M'ero proposto di organizzare una festa, e mi sono ricordato di voi.

SONIA

inchinandosi lungamente, con grazia civettuola.

Molto gentile.

CLIMT.

Permettete che vi presenti un mio caro amico: Mario Gregory.... milionario.... scienziato illustre, scapolo, mio ospite.

GREGORY (LUCIANO)

che è rimasto fino ad ora come estatico, risponde all'inchino di
LUCIANO giovine. Rimangono tutti e due di fronte. Il giovane appare
anche lui perplesso come uno che subisca un'attrazione magnetica
inesplicabile.

CLIMT

continuando nella presentazione.

Il giovane Luciano De Garbines! La signora Sonia, sua moglie.
Risale la scena, incontro agli altri ospiti.

SONIA

con leggero inchino.

Molto lieta.

GREGORY

trepidando le bacia la mano.

SONIA

prende per mano LUCIANO e si avvia incontro al resto della comitiva
che s'è fermata a discorrere col dottor CLIMT. Nell'andarsene, SONIA si
volge incuriosita a guardare GREGORY lungamente.

GREGORY

come destandosi da una visione di sogno.

Com'è bella! Dio com'è bella! E anch'io, non c'è male.... Guardalo là!...

SCENA QUINTA.

SIGNORA SPERANZA.

Quarantacinque anni. Grassa, bianca e rosa. Occhiali d'oro. Che bellezza! Che bellezza! Che isola incantata!

GREGORY

fra sè.

Dove mai ho incontrato quel grugno?

SPERANZA

tra sè, osservando GREGORY.

Sarà uno degli ospiti dell'isola.

GREGORY

inchinandosi leggermente.

Signora....

SPERANZA

inchinandosi leggermente.

Signore....

GREGORY

tra sè.

Chi sa mai dove ho incontrato quel grugno.

SPERANZA.

Anche Lei è ospite di quest'isola?

GREGORY.

Sì, signora!

SPERANZA.

Che bellezza! Che meraviglia!

GREGORY

tra sè.

20

Non so che pagherei per sapere dove mai ho incontrato quel grugno!

SPERANZA.

Eppure ho un formidabile appetito!

GREGORY

si batte la fronte.

Mia suocera!

CLIMT

intervenendo in fretta.

Mario Gregory, milionario, scienziato illustre, scapolo, mio ospite. – La signora Speranza madre della signora Sonia.

Gira sui tacchi e via.

La signora SPERANZA e GREGORY si stringono la mano. GREGORY lo
fa con molta effusione.

SPERANZA.

Ha conosciuto mia figlia?

GREGORY.

Proprio adesso ho avuto questo onore. Anche il marito mi è stato presentato. E Lei è la suocera?

SPERANZA.

Sì signore. Io sono la suocera.

GREGORY.

Complimenti!

SPERANZA.

Complimenti.... di che?

GREGORY.

Complimenti perchè è la suocera di quel bravo giovanotto!

SPERANZA.

Lei.... lo conosceva?

GREGORY.

Ho avuto occasione di occuparmi di lui senza avvicinarlo. Però, indubbiamente, è di quegli uomini che.... quando uno li vede.... non so.... si capisce subito che hanno qualche cosa di straordinario!

21

SPERANZA.

Ah sì? Mi fa piacere! E la prima volta che sento lodare mio genero!

GREGORY

un po' disorientato.

Creda pure che io me ne intendo.... Ah! Come mi fa piacere vedere Lei qui.... Io La vedo.... eh? Io La vedo e mi pare di riavere venti anni.... quando mia suocera era viva e camminavo al fianco della mia povera moglie. Ora sono solo, signora Speranza, e posseggo tre isole, più grandi e più belle di questa...

SPERANZA.

Ma come! Tre isole!

GREGORY.

Già! Mi son messo a possedere isole giusto per avere un'occupazione....

SPERANZA

Tre isole!

Sospira.

Eh sì! Voi siete un uomo simpatico.... un uomo di mondo, si vede....

GREGORY.

Siete molto gentile....

SPERANZA.

Eh sì! Che differenza, tra voi e mio genero!

GREGORY.

In che senso?

SPERANZA.

Mah! In che senso! In tutti i sensi....

GREGORY.

Ma come! Non amate, non ammirate vostro genero?

SPERANZA.

Io no!

GREGORY

sorpreso, indignato.

Ma come no! Ma come no!

SPERANZA.

Perchè vi riscaldate tanto? Che ve ne importa?

GREGORY.

A me? Niente. Però.... avrei giurato il contrario.

SPERANZA.

Fingo per mia figlia. Un angelo di figlia! Io l'ho tirata su con le traduzioni....

GREGORY.

Dal francese e dall'inglese.... Suppongo.

SPERANZA.

Che uomo perspicace! Traduco per tre appendici di giornali quotidiani.

GREGORY.

Cara signora Speranza! Mi siete simpatica!

SPERANZA.

Anche voi a me!

GREGORY.

Mi piace la vostra sincerità!

SPERANZA.

No, non lo amo mio genero. Se devo essere sincera, anzi....

GREGORY

Siatelo, signora Speranza! Siatelo!

Fra sè.

Dio mio! Che mi dirà?

SPERANZA.

Io non lo posso sopportare. D'altra parte mia figlia diceva che un marito, buono o gramo, bisognava prenderlo....

GREGORY

seccato.

Ah sì? Diceva questo? Eh? E quel povero Luciano.... anzi, diciamo pure, quell'imbecille del signor Luciano....

SPERANZA.

Tacete! Vi può ascoltare!

GREGORY

sempre più infervorandosi.

Ebbene sì, signora Speranza. Non potete credere come mi fa piacere.... Io non posso sopportare l'idea di un genero così idiota da non capire....

SPERANZA

appressandosi a lui, lo tocca col gomito, guardandolo con intenzione.

Signor Gregory! Forse che....

GREGORY

candidamente.

Che cosa?

SPERANZA

furba.

Signor Gregory! Io vi comprendo! Voi avete visto Sonia, e....

GREGORY.

Ebbene?

SPERANZA.

E vi ha fatto una grande impressione....

GREGORY

al colmo dello stupore, ma prestandosi al gioco e secondandola.

Sì.... signora Speranza.... Sì! sì.

Tra sè.

Suocera maledetta!

SPERANZA

emette un grosso sospiro.

Eh! Lo capisco! Nella vostra maturità c'è un vuoto! Eh?

Ride.

Ho indovinato?

Ridono tutti e due.

GREGORY.

Cara signora Speranza! Siete molto simpatica! Ma voi che sperate per vostra figlia?

SPERANZA

patetica.

Che cosa spero! Mah!... Il cuore di una madre! Quel che spera il cuore di una madre! Eh, sì!... Il matrimonio che s'è fatto non è l'ideale.... Mah! Nei duecento e più romanzi che ho tradotti non un solo matrimonio ha unito dei coniugi felici! tranne quelli che si sposavano alla fine del volume.... E dire che li ho tradotti con tanta buona volontà!... Sì, è vero, un uomo maturo....

GREGORY.

Sagace..

SPERANZA.

....che sapesse fare da padre, da amico....

GREGORY.

Tre isole!

SPERANZA.

Sì, va bene, tre isole! Ma, intanto, quale sicurezza per una donna!

GREGORY.

Una per stare col marito, una per andare coll'amante e la terza per riunirsi tutti e tre!

SPERANZA

pudibonda.

Oh Dio! Che cosa dite!

GREGORY

a denti stretti.

Scherzo, signora Speranza, scherzo.... Non vi avrei mai immaginata quella che siete! Uno spirito così pratico, così moderno.... così indipendente.... Davvero, signora Speranza, voi costituite per me la più deliziosa delle sorprese.... Io vi ammiro! Io vi ammiro!...

Con tono confidenziale, nascondendo l'agitazione e la stizza.

Ma credete voi che Sonia.... la signora Sonia.... così severa, lei.... così pura.... così intransigente....

SPERANZA.

Mia figlia? Ma neanche per sogno.

GREGORY

perplesso.

Qualche romanzetto?...

SPERANZA.

Eh altro! Eh altro!... Quella testolina sventata!... Eh! se non la fermavo in tempo....

GREGORY.

Eccellente madre! Perchè – è vero? – erano andati un po' avanti....

SPERANZA.

Eh altro! Ma per fortuna si trattava di un ragazzo.... di un ragazzo con cui si può dire sia cresciuta insieme....

GREGORY.

Ah sì? E chi era? Chi era? A me lo potete dire! Sono un uomo posato....

SPERANZA.

Un certo signor Rambaldo.... Un ragazzo! Che avete?

GREGORY.

Io? nulla!

SPERANZA.

Oh! Delle fanciullaggini....

GREGORY

battendo le palme delle mani e agitandole con rabbia.

Luciano De Garbines, naturalmente, è all'oscuro di tutto....

SPERANZA.

Che volete! Prima di tutto è un uomo a cui si dà a intendere quel che si vuole....

GREGORY

mal contenendosi.

Ah! sì? Ah! sì?

SPERANZA.

E poi a un marito non si va a raccontare certe stupidaggini....

26

GREGORY.

È evidente! È evidente! Ah! quell'imbecille di Luciano De Garbines! Voi non potete immaginare la mia gioia nel sentire l'eco là di fronte ripetere le mie parole quando dico: «Quell'imbecille del signor De Garbines....». L'eco mi rimanda le parole come se volesse ripeterle a me stesso, e io ci provo una soddisfazione tutta mia personale....

SPERANZA

fra sè giungendo le mani.

È innamorato!

Con compiacimento.

Quell'assassina di mia figlia! Gli avrà appena rivolta un'occhiata e quest'uomo è cotto!

GREGORY

guardandola con comico terrore.

Dio! Che cos'è una suocera vista da vicino!

SCENA SESTA.

SPERANZA

vedendo SONIA che arriva insieme con LUCIANO e RAMBALDO, le va
incontro.

Oh! Figlia mia! Figlia mia!

LUCIANO

tenendo per un braccio RAMBALDO e accompagnandolo dinanzi a
GREGORY.

Permettete, signor Gregory: Rambaldo, mio amico.

RAMBALDO

con un lieve inchino, ma cordialmente.

Molto lieto

GREGORY

molto freddamente, squadrandolo da capo a piedi.

Piacere.

LUCIANO

si avvicina al gruppo della moglie e della suocera, a cui si unisce il
dottor CLIMT che ogni tanto dà un'occhiata verso GREGORY.

GREGORY

dopo una pausa, risolvendosi:

Ma sì! Mi piace stringerle la mano, Rambaldo, eh? Il signor Rambaldo! Non Le pare di avermi mai incontrato nella vita?

RAMBALDO

timido.

Ah! no! Non credo! non mi pare!

GREGORY

fremendo.

Come non Le pare?

RAMBALDO

imbarazzato.

Non mi sembra, in verità, di aver avuto qualche cosa di comune con Lei!

GREGORY

ghignando.

Ah ah! Eppure, ragazzo mio, qualche cosa in comune abbiamo avuto!

RAMBALDO

candidamente.

Eh? Che cosa?

GREGORY.

La moglie!

RAMBALDO

spaventato

Ma signore!

GREGORY.

La mia, s'intende.

RAMBALDO

offeso, stupito.

Ma è uno scherzo!

GREGORY

No, signore! È un corno.

RAMBALDO

c. s.

È uno scherzo, signore, e di cattivo genere.

Gira sui tacchi e via.

SONIA

vedendo che RAMBALDO se ne va.

Ma Rambaldo!

RAMBALDO

si ferma e si volge.

CLIMT

si allontana dal gruppo insieme con LUCIANO.

SONIA

a RAMBALDO.

Accompagnate dunque la mamma a fare un giro per l'isola!

SPERANZA

piano, a SONIA.

Ti ho aperto dei milioni!

SONIA

scoppiando a ridere.

Ah sì?

Ride ancora.

SPERANZA

se ne va con RAMBALDO non senza aver prima lanciato un'occhiata avida a GREGORY.

GREGORY

ha seguito con gli occhi RAMBALDO finchè l'ha visto scomparire, con le braccia incrociate, con l'atteggiamento insolente. Appena si accorge di esser rimasto solo con SONIA si commuove, cerca di ricomporsi, di apparire disinvolto.

29

SONIA

lo guarda di sottecchi con aria civettuola.

SCENA SETTIMA.

GREGORY.

Sonia.... Signora Sonia! La mamma mi ha parlato di Lei....

SONIA.

Anche a me di Lei....

GREGORY.

Ah!

SONIA.

Mi ha detto: «Vedrai uno strano tipo».

GREGORY.

Nient'altro?

SONIA.

Mi ha detto: «Vedrai un uomo moderno, di quelli che hanno molto vissuto». E vissuto, s'intende, vicino alle donne....

GREGORY.

E Lei condivide questa opinione?

SONIA.

Io sì.

GREGORY.

Da che lo desume?

SONIA.

Dal tutto insieme.

GREGORY

galante

Il tutto insieme Le va?

SONIA.

Che domanda! Non è una domanda per signore per bene.

GREGORY.

Allora io sto zitto. Definisca Lei.

SONIA.

Mio Dio! Che cosa vuole che definisca? Un intenditore.... Va bene? Noi donne ci accorgiamo per istinto quando un uomo per la sua carriera – diciamo così – è veramente imparentato col nostro sesso; e allora andiamo verso di lui con più franchezza, come si va da un conoscitore di quadri. Che cosa vuole che se ne faccia un venditore di uova all'ingrosso di una madonna del Perugino?

GREGORY.

Ebbene, dinanzi a me Lei capisce....

SONIA.

Che non vende uova.

GREGORY

osservandola con stupore, dopo una pausa.

Crede che io abbia avuto molta fortuna?

SONIA.

Forse no. Forse le ha amate troppo.... Forse è rimasto troppo fedele a una....

GREGORY.

A una che Lei ricorda straordinariamente!

SONIA.

Tutte le donne che piacciono sembra che ricordino quella per cui si è sofferto di più.

GREGORY.

Può darsi.

SONIA.

Allora vorrà bene anche a me?

GREGORY.

Oh Dio!... Certo!...

SONIA.

Confessi allora che già mi vuol bene!

Ride.

Mi dica delle cose gentili! Quest'isola è incantevole! Non so dove e quando, ma certo io devo averla sognata in qualche posto.... Ah! si respira, e pare d'essere per aria! Mi dica delle cose gentili a cui non bisogna assolutamente credere ma che mi piaceranno ugualmente....

GREGORY.

Civettina, siete!

SONIA.

Un poco. Un poco più delle altre. Ma non molto di più! E poi così faremo dispiacere a Rambaldo!

GREGORY

alquanto seccato.

Ah sì! Ah! faremo dispiacere a Rambaldo? Sarebbe, questo Rambaldo, l'amico che portate al vostro séguito?

Con voce cavernosa.

È dunque innamorato di voi?

SONIA

svenevole.

Oh! innamorato come.... come.... Trovate voi l'animale più innamorato della terra! Ebbene, è un po' noioso averlo sempre alle costole, ma Dio mio.... quando si è sole, e seccate, c'è almeno questo amico zelante, a cui dite: «Rambaldo, le forbici!» «Rambaldo, accompagnate la mamma a vedere l'isola!» Egli esegue tutto. Io me ne servo per queste cose. È un ragazzo, infine! Ora, a osservarvi bene, trovo nel vostro sguardo qualche cosa di mio marito.... Uno sguardo, però, più lontano, come di chi abbia visto tanti paesi....

GREGORY.

Lo sguardo di uno che vi ha amato!

SONIA.

Nell'altra vita?

GREGORY.

Forse!

SONIA

ride.

Allora ditemi tutte le cose di un uomo innamorato! Ditemele in fretta prima che scompaia questo crepuscolo. Ci tengo! Fatelo per il crepuscolo.

32

GREGORY.

con spavento.

Ma allora....

SONIA

turbata

Che cosa?

GREGORY.

c.s.

Ma allora....

SONIA

c.s.

Dite, insomma!

GREGORY

c.s.

Ma allora vostro marito....

SONIA.

Eh! che diamine! Mi avevate fatto spaventare! Che cosa volete sapere di mio marito?

GREGORY

c. s.

Non l'amate!

SONIA.

Eh! Che spavento! Ma sì!

GREGORY.

Confessate che non l'avete sposato per passione!

SONIA

seria, vivamente.

Ah no!

GREGORY

tragico.

Oh!...

33

SONIA.

Che c'è di strano?

GREGORY.

E perchè l'avete sposato?

SONIA.

Mi disse che se no si ammazzava!

GREGORY.

È vero.

        Si schiaffeggia prima su l'una poi su l'altra guancia.

SONIA.

Che fate?

GREGORY.

Quando una cosa è vera, mi schiaffeggio.

SONIA.

Mio Dio! Da ora in poi vi dirò sempre bugie!

GREGORY

        amabile.

Civetta!

SONIA.

Sempre bugie!

GREGORY.

Civetta!

SONIA.

Ma voi perchè proteggete mio marito? La mamma dice che un uomo fa sempre così quando ha cattive intenzioni verso la moglie.

GREGORY.

Io non ho cattive intenzioni!

SONIA

civetta.

Avete torto!

GREGORY

tra sè sempre più stupito.

E questa è mia moglie!

SONIA.

Avete torto perchè non è gentile considerare una signora giovane con esagerato rispetto. Questo offende la signora giovane.

GREGORY

la guarda con la bocca aperta.

SONIA.

Rambaldo a quest'ora mi avrebbe già offerto di fare una passeggiata con lui!

GREGORY

stizzito.

E voi avreste accettato!

SONIA.

Chi lo sa!

GREGORY

c. s.

Quel falso amico che stringe la mano a vostro marito per tradirlo al momento propizio!

SONIA.

Voi fareste lo stesso. Ve lo giuro. Mia madre dice che tutti gli uomini si equivalgono.

GREGORY

con tristezza.

Oh! Io no! Io non farei lo stesso!

SONIA.

Mio Dio! Che virtù esemplare! Come farò io con un uomo così esemplare a.... conservarmi pura?
Lo guarda con sfrontata impertinenza.

GREGORY.

Ma io mi meraviglio di una cosa! È stupefacente! Voi avete vent'anni e parlate d'uomini intraprendenti, di donne che resistono e che non resistono: tutte cose che per solito si apprendono molto tardi.... Scommetto che vostro marito non suppone affatto in voi una simile dottrina....

SONIA.

Non la suppone, e io mi guardo bene dallo sfoggiare la mia erudizione. C'è sempre da guadagnare a essere ignoranti dinanzi al marito!

GREGORY

tra sè.

E questa è mia moglie!

SONIA.

E voi! Voi! Ne avrete fatto girare di testoline, voi, con la vostra aria morigerata! Sentiamo: sono state più le bionde o più le brune?

GREGORY.

Così....

SONIA.

Ma che strana idea di mettersi a collezionare le isole!... Ci sono almeno delle donne?

GREGORY

stizzito.

Sicuro!

SONIA.

E qualcuna di esse vi piacerà più delle altre!

GREGORY

c. s.

Sono tutte mie amanti! Man mano che ne rapisco una, la porto là, e addio!

SONIA.

E poi?

GREGORY

c. s.

Stanno là per la razza!

SONIA.

Ah! Ecco! Ecco l'uomo morigerato!

GREGORY.

Ora che sapete le mie intenzioni, avete il coraggio di passeggiare con me?

SONIA

allegramente.

Ma certo! Avete intenzione di rapirmi?

GREGORY.

Può darsi! Ma vostro marito permetterà? Non vorrà venire anche lui?

SONIA.

Mio marito teme l'umidità. Non passeggerebbe di sera neanche a pregarlo in ginocchio!

GREGORY.

È vero!

Si schiaffeggia.

SONIA.

Che fate? Ah! ho capito!

Ride. Poi, a un tratto, seriamente:

Davvero avete amato una donna che mi somigliava? Quanto tempo l'avete amata?

GREGORY.

Due anni.

SONIA.

E poi?

GREGORY.

Poi è morta.

SONIA.

Vi è stata fedele?

GREGORY

guardandola, con rabbia.

No.

SONIA.

Allora l'odiate?

GREGORY

commosso.

No.

SONIA

intenerita.

No, è vero? Perchè è morta.

GREGORY

sempre più commosso, prendendole una mano.

Oh! Sonia!...

Bacia la mano di lei, a capo chino, per non mostrare la sua
commozione.

SONIA.

Andiamo dunque a fare questa passeggiata?

GREGORY

esaltandosi.

Sì! Ma a un patto!

SONIA.

Mio Dio! Quale?

GREGORY

Voi non dovete esser mai di quell'uomo!

SONIA.

Quale uomo? Rambaldo?

GREGORY.

Sì!

SONIA.

Come faccio a promettere? Io che non so mai nulla di quel che avviene di me dalla sera al mattino!

GREGORY

afferrandola, combattuto tra il desiderio e il dispetto.

Vigliacca!

SONIA

cercando di allontanarlo, ma non troppo.

Ah! come mi ami! Anche tu mi ami! Ma come vai in fretta! Si capisce che non sei un ragazzo!

GREGORY.

Vigliacca! Vigliacca!

SONIA

tra le sue braccia.

Sì, insultami! Dimmi vigliacca! Mi piace!

GREGORY.

Cattiva femmina! Io ti ammazzo! Io ti ammazzo!

SONIA.

No.... No....

L'attira a sè.

GREGORY

dopo averla baciata furiosamente sulla bocca si ritrae come inorridito.

Orrore! orrore!

SONIA.

Ma infine! Che hai?

GREGORY.

Sono una bestia! una bestia! E con grandi corna!

SONIA

con impertinenza.

Sì, eh? Perchè era vostra moglie quella che.... dopo due anni....

GREGORY

con comica violenza.

Sì, Sonia!

SONIA.

Poverino! Ebbene, non bisogna, poi, vantarsene troppo....

GREGORY

al colmo dello stupore.

Io?

SONIA

lo precede.

Venite, venite, prima che sorga la luna!

GREGORY

combattuto tra il sì e il no, sostenendosi la testa con le mani, a un tratto si rivolge con un gesto come per dire: «Avvenga qualunque cosa, io la seguo!». E infatti corre dietro alla moglie.

SIPARIO

40

ATTO SECONDO.

Grande veranda di una villa sontuosa. Oltre i vetri è il mare su cui si specchia la luna. La veranda è un grande salone pensile con porte in grigio filettate di rosso, e vetri da ogni parte. Una tavola riccamente imbandita occupa una parte della scena, a destra. Uno specchio rettangolare arriva fino a terra. Una tenda a strisce bianche e nere a destra, ben visibile. Lo stesso motivo di decorazione sui divani e sui cuscini, a sinistra. – Tra l'azione del primo atto e quella del secondo sono trascorse soltanto poche ore.

SCENA PRIMA.

Intorno alla tavola imbandita stanno seduti quattro *uomini* in frak. Il primo convitato ha quarant'anni. Gli altri sono più giovani. Il quarto ne ha venticinque. ROSETTA è nel mezzo. – La cena, allegrissima, è alla fine. Quando si alza il sipario, si ode il vociare confuso dei convitati che ridono e parlano tutti in una volta. Ma quando il primo convitato si alza in piedi con la coppa in mano per parlare, tutti tacciono immediatamente.

1.° CONVITATO.

Signori! Questa cena non s'immaginerebbe così gaia per il brindisi che facciamo alla Morte! Eppure non potrebbe essere più gaia! La nostra amica oggi si è congedata – come dire? – dalla sua eternità. Da oggi, per opera del dottor Climt, ella è tornata una creatura come noi soggetta a invecchiare, a decadere, a sfiorire. In compenso la sua vita ha riconquistato tutto il suo fascino! E perciò sia benedetta la Morte che viene a sedersi anche al cospetto di costei, per cui la vita apparirà da ora innanzi come un premio!

TUTTI

levando le coppe.

Evviva!

ROSETTA

si alza.

Amici miei! Io ho voluto qui riunire questa sera i miei amanti più squisiti....

I CONVITATI

fanno cenno di alzarsi e s'inchinano allegramente.

ROSETTA.

....con la promessa che avrei rivelato il mio segreto. Ora voi sapete quale esso sia! Si congeda questa sera da voi quella bambola infrangibile che io ero nelle vostre mani! In compenso, eccovi una piccola creatura mortale come tutte le altre, una creatura che ha la gioia di somigliarvi con tutte le malinconie dell'età che tramonta.... Ebbene, non vi sembra che io cominci oggi per la prima volta a esser viva?

I CONVITATI.

Evviva Rosetta!

2.° CONVITATO.

Bisogna riconoscere che questo del dottor Climt è un dono veramente degno della regalità che l'isola gli accorda.

ROSETTA.

Signori! Ognuno di noi ha una sua tremenda esperienza da compiere in quest'isola. Il destino di ciascuno di noi è segnato da una volontà che esula dal mondo. Ma questa giovinezza imbalsamata che si disperde per diventare una creatura mortale è veramente un'opera degna del dottor Climt, di questo signore per cui la nostra ammirazione è sempre una specie di odio.

3.° CONVITATO.

Io lo amo per la sua impertinenza!

2.° CONVITATO.

E io non lo odio perchè sono troppo pigro!

1.° CONVITATO.

No! che è da ammirare perchè ha saputo creare un'isola che è veramente un *bluff* meraviglioso tra l'immortalità e la farsa!

I CONVITATI

ridono.

ROSETTA.

Perciò io bevo alla mia morte!

I CONVITATI

Evviva Rosetta!

> Si alzano, meno ROSETTA e il 4.° CONVITATO ch'era seduto alla sua destra. Gli uomini fanno gruppo a destra discorrendo fra loro.

4.° CONVITATO.

Non ti chiameremo più Salamandra! sarai la nostra Rosetta....

ROSETTA

> alzandosi, seguìta dal compagno.

Perchè mi guardi così? Perchè mi hai guardata così tutta la sera?

4.° CONVITATO.

Non so.... Mi sembri nuova.... Mi sembri rinata.... Fino a pochi momenti fa ti ho ammirata come una statua.... Ora ti guardo come una donna....

ROSETTA

raggiante.

Finalmente! Finalmente! Dimmi dunque che ti senti più vicino a me! Oh! dimmi che è così! Dimmi che ti senti più vicino a me!

43

4.° CONVITATO.

Sì! Sì, Rosetta!

ROSETTA.

È la prima volta che un uomo mi dice così! Io ho tanto aspettato queste parole! Perchè un uomo me le dicesse ho rinunziato a mille vite!

4.° CONVITATO.

Dissipatrice!...

ROSETTA.

In compenso sarò avara dei miei giorni!... E li vedrò scorrere con ansia.... E quale sarà il mio primo cruccio?
Stringendosi a lui con terrore infantile.
E i capelli bianchi? E le rughe? Io sento ora che il tempo passa, passa.... Mi amerai? Affrettati a rispondermi poichè la vita passa in fretta!
Si stringe al braccio di lui.

4.° CONVITATO.

Dimmi che sarò io quello che ti consolerà della tua prima pena!

ROSETTA.

Sì! Sì! E quando scoprirai la prima ruga sulla mia faccia, mi dirai tante parole gentili.... E io ti amerò anche se le tue parole accresceranno la mia malinconia!...

4.° CONVITATO.

Cara!
Entrambi si avvicinano al gruppo.

2.° CONVITATO.

Nel venire qui, ho sorpreso una coppia che correva lungo la riva del mare.... Lei rideva, rideva come una pazza.... Pareva molto giovane.

ROSETTA.

E lui?

2.° CONVITATO.

Non ho capito bene. Il suo passo era un po' stanco....

3.° CONVITATO.

Chi erano?

44

4.° CONVITATO.

Chi sa!

3.° CONVITATO.

Chi sa! Quest'isola è votata ai misteri!

2.° CONVITATO.

A un certo punto pareva che si volessero picchiare!...

ROSETTA

allegramente.

Ma allora erano amanti!

Tutti ridono mentre escono dalla destra.

SCENA SECONDA.

Arrivano lentamente, dalla parte opposta, SONIA e GREGORY. Questi si ferma ogni tanto e gesticola stranamente. SONIA lo guarda con curiosità e impertinenza: poi siede volgendogli il dorso. La stessa cosa fa GREGORY. Silenzio imbarazzante. Poi SONIA si volge di scatto.

SONIA.

Si può infine sapere che cosa avete?

GREGORY

con la faccia stralunata, senza voltarsi, fa cenno di parlare, ma poi si trattiene.

SONIA.

Si direbbe che diventiate matto. Prima, tante gentilezze.... Io non volevo.... Mi avete pregato, scongiurato, vi siete messo a piangere.... Voi potete dire in coscienza se io volevo.... Sì o no? No!... Finalmente mi lascio commuovere.... perchè vi giuro che mi avete fatto una pena.... una pena!... Ma del resto siete costretto a confessare sul vostro onore che io assolutamente non volevo.... e che mi sono anche ribellata e difesa! Sì! Sì! Non dite di no con la testa! Mi sono molto difesa! Avete voglia ad accennare di no! Non è colpa mia se non ve ne siete accorto! E poi? Quando infine io credevo che voi non aveste più nulla da desiderare da me.... e mi aspettavo.... santo Dio.... non dico molto ma un po' di riconoscenza, proprio allora voi vi siete gettato su di me come una belva e mi volevate strangolare! Io non so che abitudine strana è la vostra.... Se la vostra riconoscenza è tutta lì, io compiango tutte le disgraziate che hanno avuto la malinconia di essere gentili con voi.... E se siete malato fatevi curare! Oh! Vi giuro che mi avete fatto una paura d'inferno! Ho creduto che foste impazzito.... Avete cambiato i vostri occhi, ordinariamente simili a quelli di un delfino domestico, in due occhiacci da antropofago.... E non so dove diavolo ho visto altra volta quegli occhi! Domando io se valeva la pena di cadere in peccato facendo un torto a un marito come il mio – buono, leale, generoso, intelligente, tenero, di retti sentimenti, di una nobiltà d'animo veramente esemplare....

GREGORY

SONIA.

Oh Dio! Non rifate ancora quegli occhi! Quest'uomo è pazzo!

Getta un grido acutissimo.

GREGORY

scattando.

Ma tacete, per dio!

SONIA

un po' rinfrancata.

Oh sì! parlate! gridate! bestemmiate! Dite quel che volete! A vedervi così silenzioso mi sentivo mancare il fiato!

GREGORY

a denti stretti.

Non so come ho resistito alla tentazione di strangolarvi. Avete ragione: era precisamente quel che volevo fare!

SONIA.

Ma perchè? Non mi avete pregata, voi?

GREGORY.

Sì!

SONIA.

E io non ho fatto che acconsentire!

GREGORY.

Sì!

SONIA.

E allora?

GREGORY.

Non dovevate acconsentire!

SONIA.

Ah no?

GREGORY.

In quel consentimento è il vostro delitto!

SONIA.

Quale delitto?

GREGORY.

Il vostro infame adulterio!

SONIA.

Oh, questa è bella! E non siete stato voi che mi avete spinta a commetterlo?

GREGORY.

Sì! è per questo che io mi odio! Mi darei dei pugni! Mi odio e vi odio!

SONIA.

Poveretta me! Io rinunzio a capire un uomo! Ma, caso mai, questo può essere seccante per mio marito! Che c'entrate voi?

GREGORY.

È lo stesso!

SONIA.

Come lo stesso?

GREGORY.

È lo stesso sì.... dal punto di vista morale!

SONIA

stupita, quasi indignata.

Morale! Morale? Ah! be'! Osate parlare di moralità voi? Andiamo, via! Io vi giudico così, a occhio e croce, per quel tanto che ne so per averlo appreso da voi, e per quella poca esperienza che può avermene data una passeggiata al lume della luna, un solennissimo porco!

GREGORY

la guarda stupito non sapendo se protestare o no.

SONIA.

Eh! sì! Giudicatene voi. Io vi rammento i fatti per sommi capi. Neh?! Voi mi accompagnate sulla spiaggia del mare e mi cingete col vostro braccio la vita. Non sta troppo bene, ma voi mi assicurate, dopo i primi cento passi, che sarete per me un fratello. Poi mi dite che la voce del mare è una voce che consola, una voce per tutte le malinconie, una voce per tutte le angoscie. Quasi che tutto questo non bastasse, a un certo momento spunta la luna, e si va avanti. Io rido, salto, grido per la gioia.... Abbiamo camminato appena duecento passi che voi già appoggiate la testa dolcemente alla mia spalla, assicurandomi che vorrete essere per me un amico. E sta bene. Ma ecco che a un tratto mi domandate se amo mio marito. Io vi dico di sì e vi enumero le buone qualità di mio marito....

GREGORY accenna vivamente di sì.

e voi sembrate soddisfatto, così soddisfatto come se quelle qualità appartenessero a voi.... Ciò mi sembra molto carino da parte vostra, ma intanto mi baciate sulla bocca.... Stavo già per offendermi, ma in quel momento la luna si è nascosta dietro una nuvola, e voi avete detto che lo faceva apposta per noi, ciò che era molto carino da parte della luna.... E allora voi cominciate coi vostri discorsi strani. E mi dite che mio marito non è, forse, mio marito: che un marito più saggio e più vicino alla mia anima, perchè più esperto della vita e più indulgente, io avrei incontrato un giorno, forse, o una notte, sulla spiaggia del mare, come voi avete incontrato me.... Io trovo un po' strano che questi fatali incontri si debbano fare sulla spiaggia piuttosto che sopra una montagna o semplicemente in collina, ma, per non contraddirvi, vi dico di sì perchè siete molto simpatico quando parlate stravagante; ma i quattrocento passi forse non sono compiuti quando mi obbligate a non camminare più giurandomi sulla bocca che voi sarete il mio eterno amante! Con quattrocento passi, caro furbacchione mio, ne avete fatto di strada! E adesso fatemi il santo piacere di dirmi perchè, dopo avermi costretta a fare tutti quei passi, compreso il più grosso in cui non abbiamo camminato affatto, mi volevate strangolare!

GREGORY

tutto stravolto.

Sì! Vi volevo strangolare! Se in quel momento che la luna si nascondeva dietro la nuvola mi aveste dato due solennissimi schiaffi, mi sarei inginocchiato ai vostri piedi, vi avrei baciato le mani, vi avrei adorata!

SONIA.

Ma allora non vi siete spiegato bene! Amico mio, se l'avessi saputo! Ma in quel momento avrei proprio giurato che voi voleste altra cosa che due solennissimi schiaffi!

GREGORY

perdutamente.

E mi dite queste orribili cose spudorate, voi! Voi Sonia, voi! Mi fate tanta ira che vi annienterei! Vi polverizzerei! Voi che siete tutto il mio rimorso! Vi odio! Vi detesto!

SONIA.

Ah! No! No! Voi non siete che un pazzo! E ora capisco!

GREGORY

stupito.

Che cosa capite?

48

SONIA.

Ora capisco vostra moglie.

GREGORY.

Non dite assurdità!

SONIA.

Sì! Perchè con quel vostro brutto carattere....

GREGORY.

Signora!

SONIA.

Se è stata, come suppongo, una donna intelligente, capisco come debba essersi allegramente vendicata!

GREGORY

fuori di sè.

Ah sì? Ah sì? Chi vi dà il diritto di....

SONIA.

Io, avrei fatto lo stesso.

GREGORY

si slancia contro di lei che fugge scoppiando in una sonora risata.
Rimasto solo si ferma in mezzo alla scena, si gratta il mento e si mette a
pensare. Tutto a un tratto, scorgendo la sua immagine riflessa nel grande
specchio addossato alla parete, si misura un gran pugno guardandosi
con odio. In quell'atteggiamento lo sorprende il dottor CLIMT.

SCENA TERZA.

CLIMT.

Beh? Che cosa meditate?

GREGORY.

Dottor Climt! Caro dottor Climt! Io ho tutto rovinato!

CLIMT.

Eh diamine!

GREGORY.

Mia moglie, capite? fa la civetta con me! È civetta come non è mai stata civetta quand'era mia moglie! Io non lo so.... È roba da far perder la testa.... Essa non fu mai così quand'era con me.... Mentre, ecco, ecco com'era con gli altri! E mi si mostra in questo atteggiamento con l'aria più spudorata che si possa immaginare. Quel che è peggio, poi, è che io mi arrabbio come marito, ma come estraneo la trovo deliziosa! Ah! che donna deliziosa! che amante magnifica! che finezza! che perversità! che raffinatezza! Ma io vorrei sapere perchè non è stata mai così con me!...

CLIMT.

Andiamo, via.... Non vi sdilinquite.... C'è qualche altra cosa che voi non osate confessare?

GREGORY.

Sì!

CLIMT.

Molto grave?

GREGORY.

Sì!

CLIMT.

Irreparabile?

GREGORY.

Ahimè, sì! Ma è tutta colpa dell'isola, secondo me.... Qui si perde.... non so come dire.... qui si perde la sensazione dell'irraggiungibile.... Saltato l'ostacolo del peso umano, e della sua possibilità tradizionale, tutto è facile, tutto è a portata di mano.... Pensate, dottor Climt! Io non l'ho mai tradita mia moglie, nei due anni che fu in vita.... Voi non sapete, forse, che cosa significa non tradire la propria moglie....

CLIMT.

Per quanto straordinario, riesco però a capire perfettamente di che si tratta.

GREGORY.

Ebbene, questa cosa straordinaria io l'ho compiuta semplicemente! Io mi mantenni onesto dinanzi a mia moglie infedele, per due anni, come una vecchia favola inglese.... Ebbene, dottor Climt....

CLIMT.

Suvvia! Non ci pensate più! Ormai si conoscono i vostri buoni sentimenti! Voi mi diceste poche ore fa: «Mia moglie cadde perchè io non la sorressi in tempo.... Mia moglie cadde perchè non le fui vicino abbastanza.... Ma s'ella potesse rivivere.... oh! io sarei capace di farne una creatura per bene.... E son certo, caro signore, che voi la state rimettendo sul retto sentiero....

GREGORY

gridando.

No! no! Dottor Climt, no!

CLIMT

fingendo stupore.

No? Che cosa vuol dire?

GREGORY.

Vuol dire che è avvenuto tutto il contrario!

CLIMT

c. s.

Come? Quella donna a cui rimaneste fedele....

GREGORY.

L'ho tradita un'ora fa! L'ho tradita.... con lei stessa!

CLIMT

fingendo incredulità

Non può essere.

GREGORY.

Come non può essere?

CLIMT

c. s.

Non può essere, perchè io mi ricordo dei vostri buoni propositi. Era tanta l'offesa in voi d'essere stato tradito che non posso credere che, appena incontrato voi stesso, abbiate pensato a rendervi quel brutto servizio!

GREGORY

dandosi dei pugni.

È così! È così!

CLIMT

c. s.

Oh! Ma sarebbe stato, volendo sottilizzare nei riguardi di lei che non sapeva chi foste, come mettervi le corna da voi stesso!

51

GREGORY

c. s.

È così! È così! Una cosa orribile! Una cosa mostruosa! Me lo ha già detto anche lei, mia moglie, senza sapere a chi lo diceva, che ero un solennissimo porco. E voi che ne dite?

CLIMT.

Oh! io non dico nulla. Io mi diverto. Io sono il vostro ospite. Non faccio il giudice.

GREGORY.

Perchè non volete umiliarmi.... Ma quale disfatta! Quale disfatta! Io che volevo rifare tutto da capo.... e rifare per bene!... Oh! quella donna non sapeva, un'ora fa, di stare tra le braccia del marito!

CLIMT.

Non ci sarebbe stata così bene!

GREGORY.

Mai, mai ella fu così deliziosa! Quando vi dico tutt'altra donna!... Un abisso! Un abisso! Io la volevo strangolare.

CLIMT.

Bravo! Avete dato la colpa a lei, non è vero?

GREGORY.

Sì!

CLIMT.

L'ingiustizia degli uomini! Ma che cosa poteva fare di più quella povera creatura? Non soltanto vi ha preso come marito vent'anni fa, ma vi prende, oggi, come amante! Che cosa può fare di più una povera donna per lo stesso uomo!... Ma il vostro egoismo è tale che mentre siete lusingato nella vostra vanità per averla conquistata come amante, vorreste che vi avesse resistito come moglie! Siete incontentabile....

GREGORY.

Posso io tollerare che faccia la civetta con Rambaldo? V'ho narrato la storia di Rambaldo....

GLIMT.

Sì. Voi mi diceste: «Oh! Io la guiderò! Io l'allontanerò da quell'uomo!» Bella maniera di allontanarla da un peccato facendogliene commettere un altro!

GREGORY.

Ma quell'uomo è lì che la divora con gli occhi!

52

CLIMT.

Voi siete ingiusto, caro signor Luciano-Gregory.... Voi siete ingiusto! Ma se non resistete voi a diventare l'amante di quella donna – e siete il marito – con quale diritto pretendereste che resistessero gli altri, che in fin dei conti sono degli estranei e fanno il loro mestiere di uomini?

GREGORY

che è rimasto a bocca aperta.

Il peggio è che io l'ho aiutata a prostituirsi.... Io ho distrutta la malinconia di un dramma che era invecchiato con me!

Esaltandosi.

Ma a costo di tutto, a costo di tutto io devo salvare quella donna!

CLIMT.

Ancora buoni propositi?

GREGORY.

Sì! Ancora! Più che mai! A costo di andare da lui.... da me stesso.... metterlo con le spalle al muro.... dirgli: «Tua moglie ti tradisce! Io lo so! Perciò salvala!» A costo di qualunque cosa io devo impedire la catastrofe! Io penso che quella povera creatura, fragile com'è, e stordita, e mal consigliata da sua madre, potrebbe essere diversa se qualcuno.... se suo marito.... se uno almeno dei suoi mariti potesse sorreggerla.... Infine non resisto all'idea di vederla morire sotto le macerie, nonostante il suo tradimento.... Io ho poi un rancore sordo.... un rancore verde e giallo contro quella buona lana di mia suocera! Figuratevi che quella mediocrissima traduttrice di mediocri romanzi io la ritenevo una suocera ideale, una suocera straordinaria, una rarità, una mostruosità del genere. Oggi ella mi fa delle confidenze, e non potendo supporre chi io sia, mi si rivela per quella ignobile mezzana che fu! Mi fa capire perfino che chiuderebbe un occhio se le portassi via la figlia, e ha la sfacciataggine di dir male di suo genero chiamandolo un uomo insignificante! Ora ditemi voi se io sono un uomo insignificante! Eccola là!... Guardatela là.... che arriva trotterellando come un'oca....

CLIMT.

E voi mi fate dimenticare i miei ospiti!...

Andandosene si incontra con la signora SPERANZA che gli fa una
profonda riverenza.

SCENA QUARTA.

GREGORY.

Eccola là.... Ecco la suocera!

SPERANZA

va verso di lui dimenandosi e tutta sorridente.

53

GREGORY

puntando un dito in direzione della pancia di lei.

Suocera fedifraga! Suocera dolciastra e immorale!

La signora SPERANZA un poco rinculando ha gli occhi fuori delle
orbite per lo stupore.

Voi mi avete tratto nel più feroce degli inganni! Avendo educata vostra figlia pessimamente, me l'avete data in moglie facendomela credere la vergine della purità, facendo credere voi la madre della vergine.... Insomma mi avete imbrogliato così bene, che io non resisto alla tentazione di dirvi che siete la più graziosa e grassa porcheria famigliare che io abbia conosciuto da quarantasei anni a questa parte....

Mutando, dinanzi allo sbalordimento di lei.

Questo discorso io ve lo farei se voi foste mia suocera e io fossi Luciano De Garbines vostro genero. Ma siccome io sono il signor Gregory, scapolo e milionario, io vi dico: «Cara signora Speranza, Dio v'assista! Cerchiamo di ottenere una specie di divorzio e datemi vostra figlia – perchè io sono un porco moralissimo – e venite a far baldoria nelle mie isole! Anzi, ora che ci penso, o vi metto in un'isola a parte, con molto mare intorno e in mezzo.... e non vi lascio neanche una barca per venirci a trovare.... Altrimenti se capita un altro signore più milionario di me io sono bello che liquidato!... Ah! delle traduttrici non mi fido più!... Scherzo! signora Speranza! Scherzo! Ho una voglia terribile di scherzare! Suvvia, un bacio sulla fronte.... Là!... E non se ne parli più!... Mi pare già di aver riacquistato una madre!

SCENA QUINTA.

RAMBALDO che incuriosito era sopraggiunto al momento dell'abbraccio, inciampica al momento stesso in cui GREGORY bacia in fronte la suocera. – GREGORY rinculando tragicamente di qualche passo, guarda con occhi feroci RAMBALDO che rimane imbarazzatissimo. – La signora SPERANZA si ferma un momento a guardare i due uomini, poi alza le braccia al cielo come per dire: «qui succede una carneficina» e fugge a sinistra.

GREGORY

con l'indice teso contro di lui, a distanza.

Mi pare e non mi pare....

RAMBALDO.

Il signor Rambaldo....

GREGORY

fingendo di non ricordare.

Rambaldo.... Rambaldo....

Guardandolo dall'alto in basso.

Che cosa desidera?

RAMBALDO

Non mi riconosce?

GREGORY

come facendo grandi sforzi di memoria.

Ah sì! Mi pare.... Lei è quel tale....

Seriamente, in fretta.

Lei è quel tale che fa grandi sforzi per riuscire ad andare a letto con la moglie del suo amico.... Ssst!

Gli impone di tacere e alza la voce.

E io mi metto nei panni dell'amico, per un momento solo, e le dico? «Tu sei un sporcaccione!» Un momento.... «Sporcaccione per il seguente motivo: tu fingi di essermi amico, mi segui da per tutto, perfino nelle isole, insidi all'onore di mia moglie. Arrivi perfino alla spudoratezza....» Un momento! Non si alteri! È sempre lui che parla!.... «Tu arrivi alla spudoratezza di profittare dell'ospitalità del signor Climt per improvvisare un talamo nei meandri dell'isola.... Tu sei un falso amico! Tu sei un vigliacco! E sei anche un mascalzone!...» È sempre lui che parla.... Ora parlo io e Le dico: Come va, signor Rambaldo? Come va? Lei vuol sapere perchè poche ore fa, quando mi è stato presentato, io Le ho rivolto quelle strane parole.... Non è così? Le ho detto, nientemeno, che noi avevamo avuto in comune la moglie.... Oh! Io ho un po' questa idea fissa, non ci badi.... Non mi guardi con quell'aria stupefatta!... In realtà, sia detto tra di noi, che cosa può importare a me se Lei fa la corte alla moglie del suo amico? Ma fa benissimo! Vuole che l'aiuti?

RAMBALDO.

Senta, signor Gregory! Io non posso abituarmi a questa sua strana maniera di parlare con me! A meno che Lei non abbia la mania di apparire, a ogni costo, originale....

GREGORY.

Ma è con Lei solo. Non ci badi. È una specie di mania, ha ragione! Ma tutti sanno che sono malato.... Non conosce Lei la mia disgrazia? Oh! ne hanno parlato i giornali! Un giorno venne da me un amico, anzi andò per suo conto a casa mia e si portò via mia moglie. Ecco tutto.

RAMBALDO

gli tende la mano premuroso. GREGORY mette la sua dietro la schiena e guarda quella che RAMBALDO gli porge come se fosse un oggetto di curiosità raro.

Oh poveretto! Senta, signore. Io non so com'Ella abbia potuto avere la certezza di un segreto ch'io non ho neppure rivelato a me stesso.... D'altra parte questa sua sicurezza m'induce a credere che da parte mia sia inutile mentire.... Poi Lei è così originale.... mi permetta.... che può far nascere un guaio. Perciò Le dico tutto. Sia Lei giudice del mio caso. Quella signora....

GREGORY.

Avanti! Avanti!

RAMBALDO.

Quella signora io l'ho conosciuta ragazzetta. Ero un ragazzo anch'io. Nessuno di noi pensava all'amore, tanto che un giorno io mi presi una fidanzata e anche lei fu promessa a colui che oggi è, sciaguratamente, suo marito.

55

GREGORY.

Andiamo avanti.

RAMBALDO.

Noi eravamo in campagna. Appena ella seppe che io ero fidanzato con un'altra donna, s'innamorò di me per gelosia.... E una notte – noi eravamo in campagna, signore – una notte venne a trovarmi nella mia stanza!

GREGORY

con gli occhi fuori dall'orbita.

Eh?!

RAMBALDO.

Venne di notte a trovarmi nella mia stanza.

GREGORY.

Ho capito! Me l'ha già detto! Ebbene?

RAMBALDO.

Ebbene, signore, io la rispettai.

GREGORY

incredulo.

Lei? Lei?

RAMBALDO.

Sì! Io!

GREGORY.

Me lo dimostri!

RAMBALDO.

Con questo semplice fatto: io non l'amavo! Le feci dei buoni rimproveri.... Volsi la cosa in ischerzo, ed ella uscì dalla mia stanza come da quella di un gentiluomo....

GREGORY.

Bravo!

RAMBALDO.

Ma non è tutto!

GREGORY.

Ancora?

RAMBALDO.

Sì.... Perchè Lei – è vero? – quasi mi loderebbe della buona azione, eh? Ebbene, no, signore! Io sono così pentito, sono così pentito di non aver preso quella donna, che se avessi commesso un delitto non sarei così pentito come di quella buona azione.... Ella sarebbe stata mia, capisce? Ma come potevo prevedere? L'amore è venuto dopo....

GREGORY.

Qui bisogna decidersi subito, ragazzo mio. Bisogna che Lei se ne vada immediatamente.

RAMBALDO.

Andarmene? Impossibile! Sotto che pretesto? Lei non conosce Luciano.
GREGORY fa un gesto di protesta.

No, non lo conosce! Se parto con il pretesto di un viaggio, mi viene appresso. Se vado a scoprire il polo, parte anche lui e si trascina la moglie....

GREGORY

con sincera spontaneità.

Ma è una bestia!

RAMBALDO

all'orecchio.

Un idiota!

GREGORY

dà un balzo.

Grazie!

RAMBALDO.

Un idiota!

GREGORY.

Ho capito!

RAMBALDO

scuotendolo.

Non Le sembra? Dica! Dica! Non sembra anche a Lei? Eh? È un idiota, sì o no? Perchè mi obbliga a seguirla da per tutto? Io sono vile. Non oso dirgli: «Bada! Amo tua moglie!» e mi rassegno alla tortura!

GREGORY.

Le ripeto che qui bisogna decidersi subito! Presto, presto, presto!

RAMBALDO.

Per amor del cielo....

GREGORY.

Perchè, suppongo, nulla è ancora avvenuto d'irreparabile....

RAMBALDO.

Ah no!

GREGORY.

Ah! Be'! – Allora se ne vada. Mi lasci riflettere. Tutto per il meglio di tutti! Vada, vada....

RAMBALDO.

Mi raccomando.

GREGORY.

Vada! Vada!

RAMBALDO

via.

SCENA SESTA.

GREGORY

su e giù per la stanza.

Tutto per il meglio di tutti.... Tutto per il meglio di tutti.... E io adesso avverto il marito.... Sicuro, avverto il marito!

Si ferma a un tratto mostrando i pugni.

È così difficile parlare a quell'uomo! È così testardo!... Cioè.... un momento! Testardo, no! Un momento! È testardo un uomo che non dubita di nulla?... Forse che si può chiamare testardo? Non trascuriamo questo fatto! E perchè io non dovrei parlargli francamente come si fa dinanzi a se stesso? Farei io forse qualche cosa a suo danno?

Come rispondendo all'obbiezione di un interlocutore invisibile.

Eh? Va bene: io gli avrei presa la moglie.... Ma prima di tutto io avevo perduto la testa.... E poi, infine, sua moglie era anche la mia.... Sono o non sono il marito, io? Vecchio o giovane non importa.... E allora? E allora vedi che tu dicevi una sciocchezza....

Cambiando voce e mettendosi al posto dell'altro:

No! No! Tu non consideri che lei crede di essere soltanto la moglie di quell'altro.... Ed è appunto questa

58

coscienza dell'esser suo che tu dovevi rispettare come marito.... Perciò ecco l'inganno.

Cambiando posto.

Quale inganno? Un momento, un momento, un momento. Quale inganno? Quale inganno?...

> Mentre GREGORY ribattendo e cambiando posizione discute e si accapiglia con se stesso in questo soliloquio, sono entrati in scena, l'uno dietro l'altro, dapprima sporgendo il capo e poi incuriositi e in punta di piedi, LUCIANO, SONIA, la signora SPERANZA e RAMBALDO. Grande è la sorpresa di GREGORY quando li vede tutti in fila col dubbio di trovarsi di fronte a un pazzo.

GREGORY.

Siete venuti a vedere l'orso ammaestrato? Be'! Adesso vi racconto io la storia dell'orso.... Questa matta voglia di stuzzicarmi che io leggo nei vostri occhi, mi fa tanto solletico che io prendo una sedia e mi metto nel mezzo per maggiore comodità di tutti quanti.

> Tutti si seggono, imitandolo, a un tempo.

Oh! Be'! Vi premetto che era un orso come tutti gli altri.... Un orso pacifico, morale, e niente filosofo come per solito si immaginano gli orsi....

SPERANZA.

Insomma un animale terra terra!

> Tutti gli altri protestano facendola zittire.

GREGORY.

Certo, signora Speranza! Un animale terra terra e senza fantasia perchè si sposò un bel giorno con un'orsa della sua specie.... E bisogna dire che il matrimonio sembrò felice. Un matrimonio esemplare come se ne vedono pochi in città. Per casa non bazzicava nessuno. I ricevimenti erano rari. Solo un orso nero, che sembrava un bravo figliuolo, si faceva vedere spesso, ed era l'unico, il solito amico di casa....

SONIA

tossisce in maniera significativa.

GREGORY.

Di tanto in tanto andavano tutti e tre a fare qualche razzia di miele.... Ma un giorno scoppiò la tragedia. La moglie, di natura un po' sentimentale, si smarrì e non tornò a casa e fu aspettata inutilmente tutta la notte. Anche l'amico era scomparso. La mattina dopo, cerca di qua, cerca di là.... il povero marito sembrava matto. Si mise a perlustrare affannosamente per i boschi e per i monti.... Giammai si era visto un orso più trafelato di lui in cerca di notizie.... Finalmente, a furia di cercare, una scena terribile si offerse ai suoi occhi. Nel più fitto del bosco giaceva esanime il corpo della moglie con la gola segata da una trappola. E nella stessa trappola, stretta dalla stessa tagliola, la gola dell'amico.... E la favola è finita!

> Sempre più eccitato, alzandosi in piedi.

E non è senza significazione per voi, perchè i personaggi non mutano per il solo fatto che son cambiati in bestia.... e se avessi una frusta la farei schioccare dinanzi a voi, oplà!... Luciano De Garbines! Siete voi un marito fiducioso? Cercate allora per le strade e per i campi e troverete anche voi la vostra trappola!

> Tutti si alzano a un tempo. Silenzio imbarazzante.

LUCIANO

con voce ferma.

Lasciatemi solo con costui.

SONIA, RAMBALDO e la signora SPERANZA si avviano.

SPERANZA

alla figlia.

Ma che c'è? Che vuol dire?

SONIA

non risponde, ma volge verso GREGORY occhiate diffidenti, e a RAMBALDO che a sua volta l'interroga con gli occhi, dice:

Se quell'uomo crede di giocarmi un brutto tiro, ha sbagliato strada!
Via tutti, tranne LUCIANO e GREGORY.

SCENA SETTIMA.

LUCIANO.

Signore!

GREGORY.

Sì! Diamoci del «signore»! Non importa! Meglio così! Signore, io ho raccontato una storiella che esige una spiegazione. Non si sa perchè io mi occupo dei fatti vostri! Non si sa! Però è certo che sono venuto a ficcarci il naso! Vogliamo parlarci non già come due belve che stanno di fronte per addentarsi, ma come due uomini disposti a compiere una buona cosa comune?

LUCIANO

duramente.

Io non vi conosco. A ogni modo non credo ai vostri buoni sentimenti. Io so d'avere dinanzi a me un uomo che ha tentato, con una insinuazione assurda, di gettare un'ombra di sospetto sulla mia vita privata! Comunque, spiegatevi!

GREGORY.

Voi non pensate che la mia età....

LUCIANO

c. s.

Voi non siete nè mio padre, nè mio fratello, nè mio amico. Non accetto consigli. Esigo una spiegazione.

60

GREGORY

perdendo la pazienza.

Allora, piccolo presuntuoso che fai la voce grossa dinanzi a me, sappi che bisogna sorvegliare la moglie!

LUCIANO

minaccioso.

Eh?

GREGORY.

Bisogna parlare così al ragazzaccio che vuol affrontare brutalmente una questione che andava trattata con infinito riguardo! Le prove? Io forse non ne ho.... Prove precise? Prove che schiaccino? Niente. E tanto meglio per voi! Vuol dire che siete ancora in tempo!

Pentito della sua irruenza.

No.... no.... non è così che volevo parlare con voi! La mia intenzione era di consigliarvi.... di esservi amico....

LUCIANO

amaro.

Preferisco la brutalità, con voi! E.... chi sarebbe l'uomo che secondo voi.... Ma non c'è che un uomo vicino a mia moglie! È su di lui che cade il vostro delicato sospetto?

GREGORY.

Calmatevi. C'è un Rambaldo per ogni moglie. Io ho voluto avvertirvi perchè teniate aperti gli occhi, per adesso. Siccome verrà il momento in cui bisognerà spalancarli, e io vi avvertirò, acqua in bocca e fate finta di niente.

LUCIANO

beffardo.

Mi amate così straordinariamente?

GREGORY.

La vostra gioventù amo. La vostra candida attesa del domani. Anch'io ho avuto un amore come il vostro. Ma per non averlo vigilato tutto crollò su di esso.

LUCIANO.

Che cosa crollò?

GREGORY.

Crollarono i tetti delle case, crollò il sogno, e io rimasi vent'anni a frugare nelle macerie senza poter trovare la sua innocenza!

61

LUCIANO

meno diffidente.

Chi sa quale mistero è in voi dinanzi a me!

GREGORY.

Avete ragione. È troppo terribile prodigio trovarsi così noi due l'uno di fronte all'altro!

LUCIANO

osservandolo.

Sento della vigliaccheria, tra noi due. Non so da qual parte.

GREGORY.

Forse in mezzo!

LUCIANO.

Qual è il prezzo del vostro servigio?

GREGORY.

Niente.

LUCIANO.

Potreste stringere la mia mano con la stessa mia lealtà?

GREGORY.

Le nostre mani si equivalgono.
> Si stringono la mano perplessi l'uno di fronte all'altro. Poi GREGORY si volge vivamente verso il fondo.

LUCIANO.

Che guardate?

GREGORY.

Nulla. Pensavo che se fossi Amleto armato di una spada e trafiggessi quell'arazzo, anzi quella tenda, gridando «un topo! un topo!» sarei sicuro di colpire vostra moglie in pieno petto!

LUCIANO

> solleva la tenda soddisfatto di dimostrare a GREGORY che s'inganna.

Vedete? Non c'è nessuno. Voi esagerate il vostro compito di vedere inganni da ogni parte!

GREGORY.

Non c'è? Questo dimostra che c'era, e che il topo si mostrerà da un'altra parte.... Infatti.... eccola qua!

SONIA entra a passo di marcia e poi si ferma in mezzo alla scena tutta
fremente.

GREGORY.

Ve l'avevo detto io?

Indi, volgendosi a SONIA.

Vostra grazia non ha udito nulla?

SCENA OTTAVA.

SONIA

irritatissima.

Anzi! Ho udito tutto! Ma Lei faccia a meno di rivolgermi la parola! Io qui desidero di parlare a mio marito!

I due uomini hanno lo stesso gesto come per dire: «Eccomi qua!» e
fanno nello stesso tempo un passo avanti. GREGORY si ravvede in
tempo.

LUCIANO.

Sonia! Tu certamente vuoi dire qualche cosa a proposito delle parole pronunziate or ora, dinanzi a tuo marito, da questo signore. Se quel che stai per dire serve a chiarire l'equivoco, io desidero ch'egli sia presente a questa spiegazione. O egli ha compiuto una bassezza e sono qui io a chiedergliene conto; o c'è un equivoco, ed egli non mancherà di chiederti scusa.

SONIA.

Sta bene. Tanto peggio! Questo signore vuole aprirti gli occhi? Questo signore vuol salvare il tuo onore? Ti ama a tal punto? Ascolta bene a che punto ti ama. Basta raccontarti, «per filo e per segno», come si è comportato durante la passeggiata sulla riva del mare, passeggiata che io credevo di fare in compagnia di un gentiluomo!...

GREGORY

assai turbato

Ma che c'entra? Un momento! Ma è pazza!

LUCIANO.

La lasci parlare!

SONIA.

Quando si vede un uomo della sua età... presentato dal dottor Climt per una persona per bene.... chi potrebbe supporre, sotto questa scorza affumicata di melenso moralizzatore, un fior di libertino?

63

GREGORY.

Ma è roba da matti!

LUCIANO

irritato.

Silenzio! Lasci dire!

SONIA.

Si passeggiava e si discorreva di cose innocenti, allorchè questo signore comincia a fare il cascamorto.... «Ohè, signor Gregory!» gli dico io «è la prima volta che un uomo assume questo atteggiamento buffo dinanzi a me!» Egli mi fa delle scuse, volge la cosa in ischerzo.... Si va avanti un altro centinaio di passi e siamo daccapo.... Il signore comincia a prendersela con Rambaldo! Il signore mi fa una scena di gelosia! Capisci? Una scena di gelosia! E perchè? Per quel caro ragazzo che nella nostra casa è come un fratello! Ma è roba da pazzi!

GREGORY.

Ma è roba dell'altro mondo! Ma io non posso permettere ch'ella continui così! Parola d'onore è roba da diventar matti.... Permettete.... permettete una spiegazione prima che la signora continui perchè protesto contro l'interpretazione che si è voluto dare alle mie parole.... Un momento! Un momento!
Dominando le altre voci.
Ma se parliamo tutti in una volta!

SONIA.

a Luciano

E ha cominciato a dire: «Io sono geloso di lui! Io non posso sopportare di vederlo al vostro fianco! Io farò di tutto per impedire ch'egli seguiti a essere amico di vostro marito....

a Gregory

Interpretazione?C'è poco da interpretare! Inutile cercare di cambiar le carte in tavola! E c'è dell'altro! C'è dell'altro! C'è dell'altro!

LUCIANO.

a Gregory

Lasci dire! Lasci che dica lei! Le impongo di tacere e di farla parlare! Basta! Basta! Non voglio saper nulla! Non c'è nulla da permettere, nulla da spiegare! Intanto sappiamo che Lei ha osato tenere un linguaggio sconveniente a proposito di amici nostri.... E con quale diritto? Con quale diritto?

SONIA.

Quest'uomo che si professava amico tuo e che per quattrocento passi è stato addirittura sconveniente, si è alla fine tolta la maschera, dicendo chiaramente quali erano le sue intenzioni!...

GREGORY e LUCIANO

a un tempo.

Oh!

SONIA.

Ma venne un momento in cui io dimenticai il rispetto alla sua età com'egli aveva dimenticato quello dovuto a una signora, e gli somministrai due solennissimi schiaffi!

A GREGORY, in fretta.

Li volevate? Eccovi servito!

GREGORY

con comica rassegnazione.

Ah no! Ah! non c'è niente da fare! Per solito una moglie imbroglia un marito per volta.... Questa ne imbroglia due nello stesso tempo!

LUCIANO

dominato dalla collera, fa qualche passo contro GREGORY, debolmente trattenuto da SONIA.

Ed ora, esca! Esca! Se ho qualche ritegno a trattarla come l'ultimo dei cialtroni....

GREGORY.

A me?

LUCIANO.

A lei! Se ne vada! Ho avuto lo stupido torto di credere anche alle sue profferte di amicizia!

GREGORY.

Ma tu non sai, disgraziato, che sei proprio tu che mi fai una grandissima pietà!

LUCIANO

con violenza.

Io invece ti odio! Ti odio! Sei il primo uomo che sento di odiare! Ti odio con tutte le mie forze e te lo dico con tutta la ribellione dei miei vent'anni! Sei il primo uomo che odio perchè sei il primo che ha osato gettare un'ombra cattiva sulla mia vita! E non so perchè non ti metta le mani addosso! Probabilmente perchè mi hai comunicato qualche cosa della tua vigliaccheria. Ma vattene! Vattene!

65

GREGORY.

Ed io invece ti dico ancora: «Salvala! salvala finchè sei in tempo!»

LUCIANO.

E non insultarla! Bada! Non insultarla! Vattene via!

GREGORY.

E salva anche te, se puoi! Te lo dice un amico....

LUCIANO

beffardo.

Eh?

GREGORY.

....come lo direbbe a sè stesso!

LUCIANO

con odio, a gran voce, afferrando una sedia.

Sei il peggiore dei miei nemici!

GREGORY

a queste parole rimane come allibito. È una mazzata al capo che lo fa vacillare. Dapprima egli resta a bocca aperta nel mezzo della scena con gli occhi sbarrati. Poi come trasognato si guarda intorno: guarda SONIA, guarda LUCIANO, mormorando: «Io? Io?». E rinculando esce. Silenzio.

SONIA

è rimasta ferma a guardare, fredda, con le mani alla cintola, in mezzo alla scena.

SIPARIO.

ATTO TERZO.

Viale di un parco, diviso da una siepe alta così da superare l'altezza di un uomo. Questa siepe divide la scena longitudinalmente in due parti. A destra ci son le piante alte. A sinistra è un rosaio i cui rami sono disposti in modo da formare una camera verde di cui una parete, quella di destra, è formata dalla siepe. Nel mezzo di questa camera verde è un tavolino di pietra, rotondo.

SCENA PRIMA.

La signora SPERANZA si aggira nella camera verde cogliendo rose e unendole in mazzo. – SONIA arriva dalla destra. La signora SPERANZA non si accorge di lei. SONIA osserva sua madre tentennando il capo. Poi tossisce per farsi udire.

SPERANZA

imbarazzata.

Ah! Sei qui? Sai? Coglievo delle rose.

SONIA.

Lo vedo!

SPERANZA.

Non capisco perchè fai quegli occhi. Sai bene che le rose furono sempre la mia passione. Tuo padre mi ha conosciuta così!

SONIA.

Per carità, mamma!

SPERANZA.

Ti dà fastidio?

SONIA.

No, mamma. Non mi dà fastidio che tu colga le rose. Ma tu sei qui per un'altra ragione! Andiamo, via! Tu cogli rose aspettando un uomo.... Un uomo che, tra le altre cose, non ti ha dato nessun appuntamento! Ma tu, per il solo fatto che lo vedrai passare da questa parte, non puoi mancare di sbarrargli la strada cogliendo rose. È la tua letteratura, mamma! La tua letteratura tradotta in ghirlande! Insomma, questo signor Gregory ti ha stregato! Per te raggiunge tutte le perfezioni! Chi sa come ti piacerebbe avermelo dato per marito!

SPERANZA

con gli occhi rivolti al cielo e le braccia in alto.

Oh! Un marito come quello! Troppa gioia per una madre!

SONIA.

E dimentichi, naturalmente, dimentichi che ha cercato di compromettermi inventando delle cose stupide! Mamma! mamma! mamma! Ma dov'è la tua serietà! Ma dov'è il tuo decoro! Ma che cosa sarà di te nella vita? Alla tua età, mamma!

SPERANZA.

Ih! sempre con questa età! Un'età come un'altra!

SONIA.

Non è vero! Un'età che non ti dovrebbe far trascurare le tue frizioni, la tua camomilla.... L'hai presa oggi la tua solita tazza? No? Lo vedi?

La signora Speranza appare assai mortificata.

Lo vedi come sei? Invece di essere seria, invece di pensare a cose serie, ti vai occupando del signor Gregory.... l'ideale degli uomini, per te! E poi ti lamenti che non digerisci bene!

SPERANZA.

Ma vuoi che me ne vada? Hai bisogno di star sola?

SONIA.

Ma che! Tra le altre cose ho deciso di non occuparmi più di nessuno, tranne che di mio marito!

SPERANZA.

Da.... quando?

SONIA.

Stamane, mentre mi affacciavo alla finestra, ho detto a me stessa: che bella giornata! Poi ho pensato: chi sa come deve essere carino voler bene al proprio marito e non seccarsi l'anima per tutto quello che dicono gli altri uomini! Credilo, mamma, è una cosa che fa bene al cuore!

SPERANZA.

Vedo che hai buoni sentimenti. Tuo marito dov'è?

SONIA.

Ci capisci niente tu, a proposito di mio marito? S'è messo a sorvegliare tutti i passi del signor Gregory. È diventato il suo commissario di polizia. Probabilmente ora lo starà pedinando: perchè è arrivato anche a questo!

SPERANZA.

Gelosia?

SONIA.

E chi lo sa? Io non lo so! Ma non credo. Io credo che sia quest'isola che dà alla testa! Mi sembra.... non so.... di essere più leggera, più trasparente.... È una leggerezza, sento, che mi fa dire le cose che penso senza paura.... Le stesse bugie, vedi, le stesse bugie prorompono in forma così elastica che non fo a tempo a pensarle che già son fuori.... Ora capisco anche la tua leggerezza, mamma.

SPERANZA.

Ti dirò, figlia mia, che non passa notte che io non sogni di volare.

69

SONIA.

Vedi? Vedi mamma? Questa è leggerezza di quella buona!

SPERANZA.

Non so come metto le gambe, non so come agiti le mani, eppure sono lì per aria!

SONIA.

Mi pare di vederti!

SPERANZA.

Un giorno, bambina mia, non mi troverai più!

SONIA.

Cara quella mamma!

Le getta un bacio.

Adesso siamo d'accordo per il signor Gregory. Un po' di freddezza da parte di entrambe sarà più che opportuna. Rambaldo è un bravo figliolo.

SPERANZA.

Sta attenta! Ti compromette!

SONIA.

Ma se è un ragazzo! Io lo considero un ragazzo. Che guardi?

SPERANZA.

Tuo marito che cammina con una lettera in mano.... con qualche cosa in mano che osserva attentamente. Hai forse lasciato qualche lettera in giro?

SONIA.

Non scrivo mai lettere, mamma.

SPERANZA.

Ottimo sistema. Eppure egli guarda una lettera.

SONIA.

Non vedi? L'ha già rimessa in tasca appena Rambaldo si è avvicinato a lui. Ora parlano insieme.

SPERANZA.

Andiamo via?

SONIA.

Ci hanno visto. Vengono verso di noi.

LUCIANO

di dentro.

Sonia! Mamma!

SONIA e SPERANZA.

Luciano!

SCENA SECONDA.

LUCIANO entra dalla destra seguito da RAMBALDO.

LUCIANO.

Sonia! Mamma.... Vieni anche tu, Rambaldo. Giacchè siete tutti qui, voglio fare tutto il contrario di quello che avevo stabilito: ossia comunicarvi un fatto straordinario che volevo tener segreto.... Voi sapete quanto è avvenuto tra me e Gregory....

SONIA e SPERANZA.

Sì, sì....

LUCIANO.

Io ho avuto con lui una scena violenta.

SONIA, SPERANZA e RAMBALDO.

Sì, sì. Ebbene?

LUCIANO.

Ebbene.... non so.... C'era qualche cosa d'inesplicabile nella sua condotta. In un uomo così gioviale.... rimasto in tante cose come un fanciullo.... quella fissazione per le mogli degli altri non mi pareva naturale. Vi confesso che da quel giorno, a mia volta, ho avuto una fissazione per mio conto. L'ho seguito come la sua ombra! Mi son sentito attratto da quell'uomo che non amavo.... mi son sentito attratto da non so che cosa.... E ho spiato i suoi passi, non già per sorprendere qualche cosa della sua vita che mi potesse riguardare.... no! Ma per vedere che uomo è, come vive, e qual è il suo mistero. Due ore fa egli era seduto sopra un sedile di pietra dinanzi alla fontana della villa. Era intento a guardare qualche cosa che non riuscivo a distinguere esattamente. Io mi trovavo, sebbene nascosto da una siepe, vicinissimo a lui. A un certo punto la voce del dottor Climt lo chiama. Egli si alza di scatto e si allontana. Io mi avvicino e trovo sul sedile questo ritratto.

SPERANZA.

Questa è mia figlia!

SONIA.

Il mio ritratto? Ma no.... non è mio!

RAMBALDO.

Infatti è il ritratto della signora Sonia!

SONIA.

Eppure, io non ho avuto mai questo ritratto! È una donna vestita in una moda antiquata.

LUCIANO.

Infatti! Proprio così! Se non apparisse ingiallito dal tempo, e se l'abito non fosse di vecchia moda, si direbbe il ritratto di mia moglie!

RAMBALDO

a LUCIANO.

Che cosa pensi tu di questo fatto?

LUCIANO.

Una volta che questo non è il ritratto di mia moglie, esso appartiene evidentemente a una donna che le somigliava in modo singolare. L'enigma è tutto qui! Le somigliava tanto che quando Gregory ha visto mia moglie in carne e ossa, un fantasma si è rianimato ai suoi occhi, lo ha visto di nuovo camminare per il mondo. La cosa non si spiega altrimenti, e così si spiega benissimo. Io capisco oggi tante sue parole oscure, la sua eccitazione, forse la sua follia. Non vi meravigliate dunque se vorrò riavvicinare quell'uomo. Forse non sarò mai suo amico, ma la tentazione è troppo grande. Sento una specie d'attrazione che mi spinge verso i suoi passi. Non resisto! è più forte di me!

SONIA.

Non farai grande fatica a incontrarlo. È lui, mi sembra, che spinge i suoi passi verso di te.
Accenna a Gregory che viene dalla sinistra.

LUCIANO.

Allora lasciatemi solo! Voglio parlargli! Vi racconterò poi il risultato nel nostro colloquio.
SONIA, RAMBALDO e la signora SPERANZA si avviano dalla destra, volgendosi indietro con la testa dalla parte di GREGORY che sta per entrare. SONIA però rimane indietro. Fa qualche passo, rasentando la siepe e scompare tra gli alberi.

SCENA TERZA.

Gregory arriva con aria circospetta. Finge di non accorgersi di Luciano, ma è visibile il suo desiderio di rivolgergli la parola.

LUCIANO.

Signor Gregory!

GREGORY.

Eh?

LUCIANO.

Signor Gregory! ho detto: signor Gregory! È permesso stringervi la mano?

GREGORY.

Che vuol dire? Non mi volete più lapidare, ammazzare, mangiare in insalata?

LUCIANO.

No! Ho anzi voglia di dirvi delle cose gentili!

GREGORY.

Ah! be'! È un po' forte! Parola d'onore è un po' forte!

LUCIANO.

Sì. Per esempio scusarmi con voi se sono stato un po' violento, quel giorno....

GREGORY.

Eravate nel vostro diritto, dal momento che mi ritenevate vostro nemico.

LUCIANO.

E non siete, vero? mio nemico....

GREGORY.

Secondo il punto di vista da cui si considera la cosa.

LUCIANO.

Andiamo, via, siate sincero con me. Voi siete meno giovane: quindi più saggio e più esperto.... C'è qualche cosa del vostro passato che vi avvicina a me?

GREGORY.

Che cosa vi piglia? Perchè parlate così?

LUCIANO.

Non volete proprio raccontarmi nulla? Nemmeno se io vi restituissi qualche cosa che avete perduto?

73

GREGORY.

Oh sì! Quel che ho perduto! Siete proprio voi che potreste ridarmelo! Ma è inutile starvelo a chiedere.... Avete un così brutto carattere! Ma chi vi ha fatto nascere con quel carattere?

LUCIANO.

Non avete smarrito qualche ora fa un piccolo ritratto?

GREGORY.

Un ritratto?

LUCIANO.

Questo.

GREGORY

vivamente sorpreso.

Date qua! È mio. Chi vi ha....?

LUCIANO.

In giardino. L'ho trovato sopra un sedile.

GREGORY.

È vero.

Si affretta a metterlo in tasca.

Non mi ero accorto di averlo smarrito.

LUCIANO.

Oh! non vi affrettate a nasconderlo! Guardiamolo, invece, insieme! Voi avete amato una donna che somigliava stranamente alla mia....

GREGORY

fissandolo.

Somigliava.... Ebbene, sì!

LUCIANO.

Non siate diffidente! Dal momento ch'io vengo in vostro aiuto.... dal momento che comincio a spiegarmi tutto.... e a legittimare il vostro turbamento, la vostra eccitazione.... Guardando questo ritratto, non so.... ho sentito subito il bisogno di chiedervi scusa.... Forse c'è una malinconia di dramma nella vostra esistenza che, per un caso strano, si riallaccia alla mia.... È vero? È vero? E io inconsapevolmente ho gettato contro quella melanconia il mio piccolo rancore, la mia diffidenza brutale, la mia stupida gelosia.... Ora, se voi parlate, possiamo colmare questo dissidio, e forse essere amici.... Guardate: questa figura sbiadita, lontana, eppure presente al vostro ricordo, è per me un po' il sogno.... Qualche cosa che è al di là della piccola realtà presente.... Il ricordo e il sogno non sono un po' la stessa cosa? Andiamo, via! Neanche ora volete aver fiducia? aprire interamente e coraggiosamente l'animo vostro?

74

GREGORY.

Sì.... sì! Questa donna che io ho amata venti anni fa somiglia tanto alla vostra.... somiglia così miracolosamente alla vostra, che se io potessi, chiudendo gli occhi, rivivere quel tempo, essa sarebbe la stessa!

LUCIANO.

Vedete? Non mi ero ingannato. Soltanto – ascoltate, ma senza irritarvi perchè, Dio mio.... siete anche voi di un carattere difficile! – il vostro torto è di credere che questa strana rassomiglianza fisica debba stabilire, diciamo così, un'identità morale con la signora che ho l'onore di avere per moglie.... Perdonate.... Voi mi avete fatto capire che nei due anni del vostro matrimonio non foste molto felice....

GREGORY.

Al contrario, fui felicissimo!

LUCIANO.

Felicissimo?

GREGORY.

Fui felicissimo nei due anni ch'ella fu in vita!

LUCIANO.

Poveretta! Non avrà potuto continuare dopo morta!

GREGORY.

Ma è bene la sua morte, l'ironia della sua morte che ha distrutto ogni cosa! Fu precisamente la sua morte che mi rivelò il tradimento!

LUCIANO

gli stende la mano come per chiedergli scusa di aver toccato un
argomento doloroso.

Oh, signor Gregory!

GREGORY.

No, non mi compiangete tanto! Anzi, sì, compiangetemi.... Compiangetemi pure.... Compiangiamoci!... Ebbene, è proprio il mio sogno che io voglio difendere questa volta, a ogni costo!

LUCIANO

lo guarda stupito.

Il vostro sogno?

GREGORY

eccitandosi, col viso stravolto.

A ogni costo! Sì! È perciò che io voglio aprirvi gli occhi!

LUCIANO

spaventato.

O Dio! Quest'uomo è realmente pazzo!

GREGORY.

Mi guardate con quella compunta pietà con cui si guarda un pazzo! Ebbene, io acconsento a essere un pazzo.... Io acconsento a essere pazzo fino a che non avremo stabilito se sono pazzo io ad avvertirvi del pericolo che correte, o pazzo voi a non darmi retta.... Perchè ella non vi tradisce ancora.... no! Ma appunto perchè quella creatura può esser salva, io insisto in questo ufficio ingrato.... S'ella dovesse morire – capite? – ogni ritegno da parte mia sarebbe criminoso, e ogni riluttanza da parte vostra sarebbe imperdonabile!

LUCIANO.

Dite! Dite!

GREGORY.

Da qui a mezz'ora in questo luogo – badate che sono preciso! – si troveranno Sonia e Rambaldo.

LUCIANO

lo guarda stupefatto.

Qui? A che fare?

GREGORY.

Non certamente a ragionare sull'immortalità dell'anima. L'anima è immortale, ma loro se ne infischiano!

LUCIANO.

Naturalmente, voi credete che questo convegno avrà luogo veramente?

GREGORY.

Ne sono sicuro.

LUCIANO.

Quando, avete detto?

GREGORY.

Fra una mezz'ora, appena l'oboe avrà dato il segno che la festa campestre sta per cominciare. Sapete che ci sarà una festa campestre?

76

LUCIANO.

Sì.

GREGORY.

Ebbene, all'oboe è serbato il privilegio, non so perchè, di servire da segnale, cosa che non si sospetterebbe in uno strumento così semplice e di costumi intemerati.

LUCIANO.

tra sè.

E se quest'uomo non fosse un pazzo!

GREGORY.

Come vedete, il destino degli strumenti musicali è mutato. Il violino lo strofinano i gatti sui tetti quando hanno l'isterismo. La cornetta è addirittura il pettegolezzo in una casa per bene. Il contrabasso, che pareva così serio, nasconde uno spirito cinico e ghignoso. La fisarmonica ha un veleno per ogni lingua, e guai a darle fiato! Rimaneva il povero oboe delle feste campestri, sospiro di pastori autentici e ancora in buona considerazione per non so che d'ingenuo che veniva dalle valli. Ora vedete che anche lui è adibito a equivoci usi.

LUCIANO

seccato.

Ebbene, aspetterò il suono dell'oboe per correre qui. Ma se....

GREGORY.

Se non sarà, il pazzo sono io. E vi autorizzo a mettere a bagno-maria la mia testa. In compenso, se io ci avrò rimesso il senno, voi avrete riguadagnato l'onore. Non vi sembra una partita interessante?

LUCIANO

volgendogli le spalle senza più guardarlo.

Va bene. Arrivederci. E se quest'uomo non fosse un pazzo?

Via a destra.

GREGORY

allargando le braccia come l'uomo che abbia compiuto l'ufficio più ingrato.

Per forza! Per forza! Non c'era altro mezzo, con quel testardo là!

Fa per avviarsi verso il fondo a sinistra.

SONIA

uscendo dal suo nascondiglio, ossia dalla destra, correndo a piccoli passi dietro a GREGORY che non si accorge di nulla, gli fa una profonda

77

Te lo darò io l'oboe!

SCENA QUARTA.

CLIMT

venendo dalla sinistra in compagnia di ROSETTA, s'incontra con

GREGORY.

Che avete mai, amico mio, che siete così gesticolante? Non vi vedo troppo calmo in quest'isola!

GREGORY.

lo guarda in silenzio, come chi non riesca a raccapezzarsi; poi, tornando padrone di sè.

Ecco. Quando rivedo voi, dottor Climt, tutto cambia! Ingoio l'amaro e prendo gusto a beffarmi di me! Sappiate che non ancora riesco a persuadere quell'uomo che sua moglie l'inganna! Io sapevo che avrei dovuto faticare, perchè è da un pezzo che ci conosciamo, io e lui, ma non avrei mai creduto di dover lottare con un individuo simile! Quando poi penso che infine si tratta di persuadere me stesso, mi domando e dico se si può essere più bestia di così. Ma ora trascinerò quell'uomo alla prova decisiva. E se non riuscissi a nulla? Se ne andranno? Dilegueranno?

CLIMT.

Certo. Come volete che vi faccia stare insieme con tanta incompatibilità di carattere? Finireste col cavarvi gli occhi voi e lui!

GREGORY.

Dottor Climt! Quando sarò, a mia volta, andato via dall'isola, potrò raccontare quello che ho visto?

CLIMT.

Oh! Quando la vostra barca ripasserà sulle ultime onde concentriche che partono da questo lido, voi cadrete in una specie di assopimento come quando si è tra la veglia e il sonno. Poi, una volta fuori, la vostra rotellina che si è incantata riprenderà a funzionare, e non crederete mica di essere veramente stato nell'isola del dottor Climt. Se anche con uno sforzo straordinario rammenterete quel che vi è successo, crederete di averlo sognato. Ecco perchè quest'isola è sconosciuta. Tutt'al più qualcuno può pensare di averla vista in sogno. Ma consolatevi! La vita umana non è che una piccola avventura nel tempo e nello spazio. E l'uomo non deve credere di fermarsi nel suo piccolo cimitero! Vivere, bisogna, intanto!Vivere! Fermarsi al passato, come fate voi, è come custodire un cimitero.

GREGORY.

Oh! come le vostre parole fanno il mondo più vasto! Ma io spero ancora di strappare la mia donna al suo piccolo destino.

CLIMT.

Vedete qui Rosetta? Come sapete questa creatura per essere amata così – poichè ora essa è pazzamente amata – ha rinunziato a vivere i suoi eterni anni! E ora che un male l'ha colta e si sente prossima alla fine, sapete che cosa è venuta a chiedermi? Di farla vivere qualche giorno di più! Capite? Qualche giorno di più, lei che si stancò dell'eternità! E sapete perchè? Perchè c'è un uomo che si dispera al suo capezzale!

ROSETTA.

> che per tutta la scena è rimasta silenziosa, e che alle parole del dottor CLIMT, ch'ella ha ascoltato avidamente, si è commossa, ora singhiozza dolcemente nascondendo tra le mani il volto pallidissimo.

GREGORY.

Oh! Rosetta! Quanta saggezza nel vostro dolore!

CLIMT.

Andiamo, che la festa sta per cominciare.

GREGORY.

E anche la mia ultima partita, dottor Climt, s'impegnerà tra poco!

> Via tutti e tre dalla destra.

SCENA QUINTA.

SONIA

> Dalla sinistra, seguìta da RAMBALDO, arriva circospetta, guardandosi intorno.

Venite qua presto!

RAMBALDO.

Ma in nome del cielo, Sonia, che guardate? Che dovete dirmi?

SONIA

> gli fa segno di star zitto.

Ssst! Prima di tutto chiamatemi signora Sonia: mettetevi in mente che in questo paese ogni foglia d'albero è un'orecchia in ascolto. Che volete che vi dica? L'isola è fatta così. Specialmente in questo tratto del viale su cui posate i piedi, io sono signora Sonia fino all'inverosimile!

RAMBALDO.

Ma....

79

SONIA.

Voi non avete ancora l'aria di capire abbastanza. Perciò trattenete il respiro e ascoltate bene quel che vi dico.

RAMBALDO.

Come mi trattate!

SONIA.

Vi tratto in gran fretta. Sentite. Noi ci dovevamo trovare qui tutti e due fra un quarto d'ora....

RAMBALDO.

E ora non più?

SONIA.

Sì, ancora, mio caro amico. Ancora! Più che mai! Però, il programma è mutato. Luciano sa di questo nostro convegno.

RAMBALDO

spaventato.

Luciano?

SONIA.

Glie lo ha detto Gregory.

RAMBALDO

ha un gesto di rabbia.

SONIA.

Voi parlate sempre forte, e lui, evidentemente, ci spia. Ecco che cosa succede a parlar forte. E si metteranno là ad ascoltare dietro quella siepe.

RAMBALDO.

Dietro quella siepe?

SONIA.

Non ripetete sempre le mie parole! Sì, dietro quella siepe.

RAMBALDO.

Non sarebbe allora più prudente rinunziare?

80

SONIA.

Niente affatto! Ragione di più, anzi, per trovarci lo stesso. Soltanto, bisogna tener presente che a quattro passi da noi c'è mio marito. Avete capito? Quel che diremo non importa. L'importante è di tener presente quali sono le orecchie che ci ascoltano.

RAMBALDO.

Ho capito.

SONIA.

Avete capito proprio bene, Rambaldo?

RAMBALDO.

Ma siete ben sicura che....

SONIA.

Non ci perdiamo in chiacchiere inutili. Sono sicurissima.

RAMBALDO.

E poi non devo lagnarmi che mi trattate male!

SONIA.

L'egoismo degli uomini! Non capite la gravità di questo momento! Io stavo per cadere in un tranello e perdere tutto. Per puro miracolo – e poi ditemi che non sta bene origliare dietro le porte! e poi ditemi che non bisogna ascoltare dietro gli alberi! – le cose saranno messe in modo che io potrò invece fabbricarmi una buona reputazione. E quest'uomo non capisce la gravità del momento!

RAMBALDO.

Perchè voi siete logica! Voi ragionate, voi costruite, sconvolgete, rifate! Mentre io sono qui ridotto, per voi, a servire di trastullo agli avvenimenti, aspettando il buon momento di andare alla malora....

SONIA

affettuosa.

Non dite così. È in giuoco anche la vostra riputazione dinanzi a mio marito! Che sarebbe stato di voi se, presente al convegno che dovevamo avere, vi avesse sorpreso mentre mi dicevate delle cose gentili? E sì che voi ne dite di cose gentili!

RAMBALDO.

Avrei detto: mi è toccata. Come dice ogni uomo che perde una partita quando sa, tranquillamente, che è disposto anche a farsi ammazzare.

SONIA.

Davvero? Voi mi volete bene così?

81

RAMBALDO

la guarda intensamente con passione.

SONIA.

Sapete perchè sono così con voi? Chi lo sa! Forse.... perchè non mi mentite abbastanza! Forse in me, vedete.... c'è qualche cosa d'irreparabilmente guasto!

RAMBALDO.

No, no.... Ma io vorrei sapere perchè questo signor Gregory si interessa tanto di noi due!

SONIA.

Quello è pazzo!

RAMBALDO.

Ma che pazzo!

SONIA.

E se non lo è, tanto peggio. Apparirà tale da qui a poco. E così non avrà più credito!
Si ode di lontano il suono di un oboe.

SONIA.

Via! Via! Scappate e tornate qui fra qualche minuto! Ricordatevi che io sono la signora Sonia, e voi un bravo amico che mi farà, saggiamente, un discorso per bene....

RAMBALDO

baciandole appassionatamente la mano.

Sì, sì....

Si avvia in fretta.

SONIA.

Vi raccomando! Un vero discorso per bene....

RAMBALDO

via a sinistra.

SONIA

si accinge a cogliere le rose quando vede quelle lasciate sul tavolino da sua madre.

O Dio! Le rose di mia madre! L'ho tanto rimproverata per queste rose, e pensare che sono le stesse!...
Si ode di nuovo il suono dell'oboe.

SONIA.

Ecco ancora l'oboe.... sospiro di pastori autentici.... Ed ecco là mio marito che arriva in punta di piedi guidato da quell'ineffabile Gregory....

Ride, si mette a cogliere le rose cantarellando a bassa voce.

SCENA SESTA.

GREGORY

arriva conducendo per mano LUCIANO a cui ogni tanto fa segno di non far rumore e di tacere. Egli ha l'aria già di sorreggerlo e d'assisterlo amorosamente.

Guardate! Essa è là!

LUCIANO

con disperazione.

È là!... Sonia....

Con ira.

Proprio lei!

GREGORY

con gesto di conforto.

Coraggio!

Gli stende la mano, LUCIANO gliela stringe riluttante.

LUCIANO.

E osa anche cantare!

rianimandosi.

Oh! Ma è calma e serena come se facesse la cosa più ingenua di questo mondo!... No, no.... Non credo alla sua colpa! Preferisco pensare che il diavolo l'abbia stregata o che questa scena sia stata combinata dall'inferno, piuttosto che credere che la mia Sonia stia lì a cogliere le rose e a cantare mentre aspetta un uomo!

GREGORY.

Io ve lo auguro, amico mio. Ma ecco là Rambaldo.

LUCIANO

con amarezza.

Eh! infatti! Eccolo là! Giuro che, se ella m'inganna, ve la cedo per uno scudo!

GREGORY

gli copre con una mano la bocca come per costringerlo a non dire eresie.

SCENA SETTIMA.

SONIA.

Oh, buon giorno Rambaldo!

RAMBALDO le bacia rispettosamente la mano.

Grazie di essere venuto. Non vi posso offrire una sedia. Vi offro una rosa.

RAMBALDO.

Grazie.

SONIA

gli mette la rosa all'occhiello.

GREGORY

si volge verso LUCIANO per confortarlo, ma non trova niente di meglio che stringergli ancora una volta, energicamente, la mano.

SONIA.

Dunque, caro Rambaldo, grazie una volta di più se, a una passeggiata per questa deliziosa isola, avete preferito venire da me. Pensate un po' al mio rischio! Pensate se mio marito potesse lontanamente immaginare quel che facciamo!

LUCIANO.

Sfrontata!

GREGORY

senza volgersi verso di lui gli stende la mano. LUCIANO, seccato, fa un gesto come per mandarlo al diavolo.

RAMBALDO.

Voi sapete, signora, con quanta devozione....

SONIA

con aria grave di dama.

So.... so.... e non sto ad esprimervi il mio rammarico per il modo con cui si è cercato, da persona che poco vi conosce e nulla vi apprezza, di dare un'intenzione sleale e peccaminosa alla fraterna amicizia che voi avete per me e per mio marito....

GREGORY e LUCIANO

si guardano perplessi con muta e reciproca interrogazione.

RAMBALDO.

Se di questa mia devozione fossi ora qui chiamato a dare una testimonianza di più, io mi riterrei, signora, il più fortunato dei mortali.

SONIA.

Proprio così, caro amico. Mio marito corre un grave pericolo.

RAMBALDO.

Luciano?

SONIA.

Sì! Voi sapete com'egli sia buono, spontaneo, facile a farsi convincere e trascinare....

RAMBALDO.

È la sua buona fede, la sua rettitudine, la sua sincerità che talvolta lo spingono....

SONIA.

Sì, ma egli esagera!

RAMBALDO.

No....

SONIA.

Sì! Esagera. Ve lo dico io. Esagera in rettitudine.

GREGORY e LUCIANO

nello stesso tempo si porgono e si stringono la mano.

SONIA.

Così, ora, vedete, ha cominciato a interessarsi di quel signor Gregory che pure osò recare una grave offesa alla mia onorabilità. Voi mi dite: «Ma quello è un pazzo!» E sta bene. Ma non bisogna dimenticare ch'egli, sia pure in una maniera assurda, osò malignare a proposito di un'innocente passeggiata in riva al mare: passeggiata che – se io avessi avuto più prudenza e mio marito più diffidenza – nè io avrei effettuata nè mio marito permessa....

85

GREGORY

                                                            fra i denti.

Che faccia tosta!

SONIA.

E va bene. Fin qui nulla di grave. Mio marito non è geloso. Mio marito ha fede in me! Son certa che se domani gli dicessero: «Tua moglie ha un appuntamento con un uomo: va a sorprenderla», son certa che mio marito risponderebbe con disdegno a un'insinuazione di tal genere, e se ne andrebbe a passeggiare da un'altra parte!

LUCIANO

commosso mortificato e accenna silenziosamente di sì, mentre GREGORY lo guarda con aria di commiserazione.

SONIA.

Ma non si tratta di ciò. La cosa grave è che quel signor Gregory non è già, come mio marito crede, un uomo semplicemente da compassionare. Il signor Gregory è, sciaguratamente, un mascalzone.

LUCIANO

porge, imbarazzato ma felice, la mano a GREGORY che a sua volta si rifiuta di stringerla e lo manda al diavolo.

RAMBALDO.

Ebbene, vi dirò, signora, che lo stesso sospetto ho avuto io!

GREGORY

                                                            fra i denti.

Canaglia!

SONIA.

Io non nego ch'egli abbia avuto dei dispiaceri. Si sa! Se sua moglie – mio Dio! il mio rossore di dover parlare di certe cose! – se sua moglie non gli fece buona compagnia e nei due brevi anni di matrimonio trovò anche il tempo di tradirlo e di sconvolgergli la testa a tal segno che il disgraziato ne risente gli effetti anche dopo vent'anni, non è poi giusto che tale sconvolgimento debba perturbare la pace nostra! Io non nego ch'egli abbia avuto dispiaceri. Ma che, per colpa di questo pazzo, debba andare in manicomio anche mio marito, questo no, no e no! E voi, caro Rambaldo, da quell'amico eccellente che siete, mi dovete assolutamente aiutare.

RAMBALDO.

Ditemi in che modo, e sarà fatto.

SONIA.

Voi dovete parlare a mio marito. Oh! a voi dà ascolto! Darebbe ascolto anche a me.... ma.... Dio mio.... C'è come un'ombra ora, tra me e lui.... E se io lo metto in guardia contro Gregory, forse potrà credere che lo faccia per vendicarmi.... Voi invece avete libertà di giudizio. Mio marito ha per voi tutta la stima che vi meritate!

RAMBALDO.

Grazie! Allora stabiliamo per bene che cosa devo dirgli oltre le cose che penso.

SONIA.

Sì! Ma, mio caro amico, non vi accorgete che io vi ho tenuto per tanto tempo in piedi e prigioniero? Siccome ho pietà di voi, io vi propongo di andare a concertare il nostro piano facendo un giro pel viale. Volete?

RAMBALDO.

Sono ai vostri ordini.

SONIA.

Ecco. Io prendo intanto le mie rose e andiamo.... E se mio marito c'incontra noi saremo costretti a cambiare discorso perchè egli non possa sentire!

RAMBALDO.

Mentre noi congiuriamo per il suo bene!

SONIA.

Appunto per questo! Oh! Le stranezze della vita! Ascoltate! Io sono d'avviso che una brava moglie debba sempre dire delle cose che potrebbero con soddisfazione essere ascoltate dal proprio marito – sempre! sempre! Ma questa è la prima volta, vedete, che io vorrei non essere udita....

LUCIANO

le getta dei baci silenziosi sulla punta delle dita.

SONIA.

Datemi il braccio, amico mio, e andiamo a continuare il nostro discorso sul viale.

RAMBALDO

piano.

Ti mangerò di baci!

SONIA

piano.

Zitto, per amor del cielo!

Forte.

Andiamo, amico mio....

SCENA ULTIMA.

LUCIANO

viene sul davanti della scena, continuando a gettare baci sulla punta
delle dita a SONIA che si allontana.

GREGORY

furioso.

Ora, ora dovreste andare ad ascoltare quello che si dicono!

LUCIANO

irritatissimo, guardandolo dall'alto in basso.

Ah! basta! basta! Ora basta!

Poi, riflettendo, cambia tono e sorride.

Ma che! Sono un grande sciocco! Ma che! Io vi ringrazio, signore. Vi ringrazio di avermi spinto ad ascoltare questo colloquio. Vi ringrazio perchè, neanche a farlo apposta, avreste potuto offrirmi la prova migliore perchè io fossi sicuro.... più definitivamente sicuro, di una cosa di cui, d'altronde, ero certo anche prima e che non mi perdonerò di aver messo in dubbio sia pure per un istante.... Voglio dire, signore, della purezza, dell'innocenza, della nobiltà di mia moglie!

GREGORY

c. s.

Vi ripeto che dovreste andare ad ascoltare adesso quel che si dicono quei due!

LUCIANO.

Io vi compatisco! Non trovo altre parole! E vorrei trovarne di più generose, perchè considero tutti i vostri atti imprigionati dal dramma della vostra vita. E questo merita qualche cosa di più che l'indulgenza!

GREGORY.

Non so che farmene della vostra indulgenza. Essa spinge quella donna verso l'abisso. Quella donna va incontro alla morte. Io vi scongiuro: correte a salvarla! Strappatela dal braccio di quell'uomo! Non è già al tradimento che bisogna strapparla! È alla morte! alla morte! alla morte!

LUCIANO.

Ma è una follia!

GREGORY.

Non è una follia. Io sono pronto a non vederla più. Ma bisogna salvarla! E per salvarla bisogna credere alla sua colpa! Andate là che io non vi parlo più per me! È lei che non deve andare incontro al suo sepolcro! Povera creatura più sventata che colpevole, o, anche se colpevole, punita più crudelmente che non meriti la sua colpa, povera creatura, ella crede di trovare il suo rifugio in una casa di questo mondo, e la casa precipita e la seppellisce, e tu, tu, con le tue mani inutilmente rimoverai tutte le pietre, e la morte ti apparirà tale una cosa spaventosa da distruggere la tua ira e ogni pietà; sarà il passato che tu vorrai inutilmente rimuovere, e allora avrai rimorso per non aver spiato abbastanza, per non averla protetta abbastanza, per non averla salvata quando ancora poteva essere tua! Va, va, corri da lei, se non vuoi che anche il tuo sogno sia seppellito! Strappala con la forza da quell'uomo che se la porterà via!

LUCIANO.

Oh! Ma se anche io volessi dare un peso di realtà alle cose strane che dite, se anche volessi cercare un punto d'appoggio per dar valore a questa lugubre fantasia vostra, dovrei cominciare col dimenticare ciò che abbiamo visto e udito in questo posto pochi minuti fa! Voi per il primo dovreste non credere più ai vostri occhi quando vedono e ai vostri orecchi quando ascoltano!

GREGORY.

Menzogne! Menzogne!

LUCIANO.

Intanto io sono bello che stufo. Se la vostra è una fissazione è già per sè stessa una cosa troppo triste perchè io possa deriderla. E perciò è bene ch'io lasci quest'isola immediatamente. Tra pochi minuti me ne sarò andato.... Non mi vedrete più, e forse sarete più calmo. Addio! Addio!

GREGORY.

fuori di sè.

Sciagurato! Che vuoi dunque che io faccia perchè tu mi creda? Vuoi morire di dolore? Hai bisogno di mettermi ancora le mani addosso come sul tuo più feroce nemico? Ebbene, sia!

LUCIANO.

Che volete dire?

GREGORY.

in preda a terribile orgasmo.

Voglio dirti, poichè non c'è altra via di scampo, voglio dirti che è in me la prova che tua moglie t'inganna. È in me! Non solo è in me perchè esisto e ti parlo – miracolo che tu non puoi capire – ma io stesso ho la prova certa di quello che ti affermo.... E ti scongiuro di non costringermi a dartela!

LUCIANO.

Costringere? Ma se non vi chiedo niente! Infatti: voi dite di avere la prova? Ebbene, tenetevela. Non la voglio sapere.

GREGORY.

Ah! non la vuoi sapere? Non la vuoi sapere?

LUCIANO.

No!

GREGORY

fissandolo con odio.

Però tu la uccidi!

LUCIANO.

Addio, povero amico. Io parto. Non ne parliamo più.

GREGORY

sbarrandogli la strada.

Tu la uccidi, eh? Ma questo non deve essere! A costo di sentire le tue mani che mi strozzano!

LUCIANO.

Ma nemmeno per sogno! Anzi, io vi stendo la mano per dirvi addio.

GREGORY

eccitandosi sempre più.

Sciagurato, preparati alla tortura più atroce; e se hai sangue nelle vene, vendicati su di me, ma poi corri a salvare lei! Sappi che quella donna, la tua donna, è stata mia! È stata mia quella sera che passeggiammo sulla riva del mare. Ella si è data a me, la tua donna! Sei convinto adesso? Sei convinto?

LUCIANO

si slancia, acceso da un improvviso impeto d'ira, contro GREGORY.
Ma poi si trattiene. Lo considera come si può considerare un pazzo.
Scuote il capo, sorride, si domina.

No.... poveretto, no!

GREGORY.

Non mi credi? Eh? Non mi credi perchè io sono un pazzo! Hai ragione! Puoi andartene! Tutto è finito! Non c'è più scampo! Ah, ah!... Sono un pazzo! Sono un pazzo!
Sghignazza come preso veramente da un impeto di follia.

LUCIANO

crolla il capo tra sbigottito e commosso. Poi se ne va, risolutamente,
verso il fondo.

90

GREGORY

vedendolo allontanarsi, alza le braccia disperato e lo richiama con
voce alta e chiara.

Luciano!

LUCIANO

ch'era già verso il fondo, si ferma e si volge col capo, in attesa.

GREGORY.

Giacchè te ne vai, e non ti rivedrò più, ascolta l'ultima parola del pazzo. Sai chi sono?

LUCIANO.

Un povero disgraziato.

GREGORY.

Può darsi. Ma sappi che tu e io siamo la stessa cosa!

LUCIANO.

Ah! no! Non facciamo scherzi! Io sono una persona rispettabile!

GREGORY.

Ahah! ahah! ahah!

Seguita a sghignazzare girando su se stesso mentre LUCIANO se ne va
indignato.

SIPARIO